Hinweise für den Unterricht

Bezug zum ABC der Tiere – Lesebuch 4
Das ABC der Tiere – Lesebuch 4 Kompakt (Bestell-Nr. 4405-30) kann eigenständig oder parallel zum ABC der Tiere – Lesebuch 4 (Bestell-Nr. 4405-90) eingesetzt werden.

8 S. 6/7

In den Fußzeilen wird auf die passende Seite im Lesebuch 4 (Bestell-Nr. 4405-90) verwiesen.

Sozialformen
Die Sozialformen der Aufgabenangebote sind optional und als Vorschlag sowie Impuls für den Unterricht gedacht.

Die Wahl der Sozialform richtet sich in erster Linie nach folgenden Kriterien:

- Zusammensetzung der Lerngruppe,
- individuelle Lernbedürfnisse und Fähigkeiten der Kinder,
- didaktische Intention des Unterrichts.

Anforderungsbereiche
Die Aufgaben unter den Lesetexten orientieren sich an den Anforderungsbereichen der Bildungsstandards und Lehrpläne der Bundesländer.

blau: Anforderungsbereich 1
grün: Anforderungsbereich 2
rot: Anforderungsbereich 3

Lesetraining
Auf diesen Seiten können grundlegende Lesekompetenzen geübt werden.

Lesetraining – Lesen auf 2 Stufen
Jedes Kind kann entsprechend seinem Lernstand ein passendes Leseangebot auswählen. Das Niveau der Texte auf Lesestufe 2 ermöglicht einen Anschluss an das ABC der Tiere – Lesebuch 4 (Bestell-Nr. 4405-90).

- • Lesestufe 1 (kurzer Text)
- •• Lesestufe 2 (langer Text)

Mach mit!
Zusätzliche Mach mit!-Angebote mit handlungsorientierten Anregungen ergänzen das Aufgabenspektrum und fördern die Lesemotivation der Kinder.

Leichter lesen lernen mit dem farbigen Silbentrenner
Die farbigen Silben zeigen die Sprech-Silben eines Wortes an. In den allermeisten Fällen sind diese identisch mit der möglichen Worttrennung am Zeilenende.
In erster Linie bei der Trennung einzelner Vokale (a, e, i, o, u) gibt es einen Unterschied: Nach der aktuellen Rechtschreibung werden diese am Zeilenende nicht abgetrennt.
Da die Wörter aber mehrere Sprech-Silben haben, sind diese auch mit zwei Farben gekennzeichnet: Ofen, Radio.

Impressum

Bestell-Nr. 4405-30
ISBN 978-3-619-44529-5

erarbeitet von Klaus Kuhn, Stefanie Alender und Bettina Erdmann unter Beratung von Ulrike Wiesner nach den Ausgaben „ABC der Tiere 4 · Lesebuch" (4405-90) von Klaus Kuhn, Stefanie Drecktrah, Bettina Erdmann und „ABC der Tiere 4 · Lesebuch 4" (4402-30) von Tanja Deutsch, Klaus Kuhn, Angelika Soldner

Auflage 4 3 2 1
Jahr 2024 2023 2022 2021

www.mildenberger-verlag.de
E-Mail: info@mildenberger-verlag.de

Redaktion: Stefanie Alender, Nina Kurus
Grafik: Mildenberger Verlag GmbH

Druck: aprinta druck GmbH, 86650 Wemding
Gedruckt auf umweltfreundlichen Papieren

ABC der Tiere 4
Lesebuch

Kompakt

Herausgegeben von
Klaus Kuhn

Erarbeitet von
Stefanie Alender
Bettina Erdmann
Klaus Kuhn

Unter Beratung von
Ulrike Wiesner
(Förderschullehrerin)

Mildenberger

Inhalt

Zu den Lesetexten

- Die Lesetexte folgen keiner Progression.
  So können sie passend zum jeweiligen Unterrichtsschwerpunkt und entsprechend den Lernvoraussetzungen in der Klasse ausgewählt werden.
- Texte mit Stern ✸ : Diese Texte sind sprachlich bzw. inhaltlich etwas schwerer.
- Das selbstständige Lesen und Verstehen der Texte wird durch die Erschließungsfragen im Anschluss an jeden Text gefördert und überprüft. In einem Lerntagebuch (Seite 205) können die Kinder ihre Lernerfahrungen schriftlich dokumentieren.
- Ob vorlesen, laut lesen, leise lesen oder lesen in verteilten Rollen – die Texte im Lesebuch regen dazu an, in möglichst vielen Facetten zu lesen.
- Vor allem die Texte mit jahreszeitlichem Bezug im Kapitel „Jahreszeiten" bieten sich auch zum Vorlesen in der Klasse an.

Wir sind in Klasse 4

Feuer, Wasser, Erde, Luft

Manchmal fühle ich mich ...

Im Lauf der Zeit

Inhalt

Mädchen und Jungen

Arbeit und Beruf

Entdecker verändern die Welt

Fantastisches und Märchenhaftes

Tiere und Natur erleben und entdecken

Orte – nah und fern

Inhalt

Orte – nah und fern (Fortsetzung)

Medien

Jahreszeiten

Jahreszeiten (Fortsetzung)

Werkstatt und Anhang

Lernort Bauernhof

Die Klasse 4c möchte einen Erlebnisbauernhof besuchen. Schon vor den Sommerferien haben sich die Kinder auf ihren Besuch vorbereitet. Im Internet haben sie Informationen und Fotos gesammelt. Besonders gespannt sind sie auf die Tiere.

Die Kühe stehen im Sommer und Winter in einem offenen Stall. Dort haben die Tiere frische Luft. Im Winter liegen die Kühe auf warmem Stroh.

Pferde sind Bewegungstiere. Sie gehören deshalb nicht in eine kleine Box. Als Herdentiere fühlen sie sich auf der Koppel richtig wohl.

Auf dem Bauernhof kann man verschiedene Tiere erleben. Wer will, kann Kaninchen und Ziegen streicheln und füttern. Die Ponys darf man putzen, striegeln und reiten.

S. 6/7
Fachwörter-Lexikon → Internet, S. 221

Die Tage auf dem Bauernhof waren für alle ein tolles Erlebnis. Die Kinder schreiben in das Gästebuch auf der Homepage des Bauernhofs.

Unser Bauernhof-Gästebuch

Vanessa Montag, 24. September, um 16:04 Uhr	Liebes Team vom Erlebnisbauernhof, vielen Dank für drei schöne Tage bei euch. Mir hat es sehr gefallen. Bitte grüßt alle Tiere von mir, besonders meinen Lieblingshasen Mimi. Vanessa
Malte Montag, 24. September, um 18:10 Uhr	Hallo, der Besuch auf Ihrem Bauernhof war klasse. Die Bauernhof-Rallye hat mir gut gefallen. Ihr Malte aus der 4c
Anna Dienstag, 25. September, um 14:33 Uhr	Es war toll bei Ihnen – vielen Dank für alles. Mir hat es besonders gefallen, dass wir auf dem Traktor fahren durften. Die spannende Nachtwanderung und das Lagerfeuer vergesse ich nicht.

1. Lies den Text. Was verstehst du nicht? Frage nach oder informiere dich im Lexikon oder Internet.
2. Was hat die Klasse 4c auf dem Bauernhof erlebt?
3. Was gefällt dir an diesem Bauernhof? Warum?
4. Gibt es auch in deiner Nähe einen Erlebnisbauernhof? Informiere dich im Internet.

Lesetipp 1 → S. 196 Im Internet informieren → S. 215 Fachwörter-Lexikon → Homepage, S. 221

Die neue Klasse

„Ich heiße Max. Ich bin neun und wohne im Altersheim.“ HILFE! So wollte sich Max auf keinen Fall in seiner neuen Klasse vorstellen! Vor Aufregung kann Max nicht weitersprechen. Und das macht alles noch schlimmer! Die ganze Klasse grinst. Und Lehrer Brömmer sitzt an seinem Pult und sagt keinen Ton.

Max holt tief Luft. „Wenn ihr … also, ähm … Wenn ihr eine Frage habt …?“ Da meldet sich ein großer Junge. Er macht ein freundliches Gesicht, doch Max weiß sofort: Jetzt kommt was Gemeines. Der große Junge grinst wieder. „Ich hab ’ne Frage. Wie is’ es denn so im Altersheim, Opa?“ Max fühlt sich, als hätte ihm jemand den nassen Kreideschwamm mitten ins Gesicht geworfen. Natürlich lachen jetzt alle. Alle außer Herr Brömmer.

S. 8/9

Max starrt auf seine Turnschuhe. Der große Junge fragt: „Kannst du auch dein Gebiss rausnehmen?“ Die Jungs in der hintersten Reihe biegen sich vor Lachen. Herr Brömmer sagt: „Ole Schröder, das reicht!“ Sofort wird aus dem Lachen ein leises Kichern.

„Also, ihr habt’s gehört: Max ist euer neuer Mitschüler. Seine Mutter arbeitet im Seniorenheim Burg Geroldseck. Deswegen wohnt er seit einer Woche dort.“ Herr Brömmer schaut Max an. „Richtig?“ Max kann jetzt nicht antworten. Also nickt er einfach so cool wie möglich. Herr Brömmer legt Max eine Hand auf die Schulter. Doch Max schüttelt die Hand ab. Er beißt seine Zähne fest zusammen – jetzt nur keine Tränen.

nach Lisa-Marie Dickreiter/Winfried Oelsner

1. Lies den Text – allein oder mit einem Partner.
2. Beantworte die Fragen:
   - Max erzählt, wo er wohnt. Wie fühlt er sich danach?
   - Wie fühlt er sich nach Ole Schröders Fragen?
   - Wie fühlt er sich nach Herrn Brömmers Erklärung?

   Diese Wörter helfen dir: verwirrt, aufgeregt, unsicher.
3. Hast du dich schon einmal wie Max gefühlt? Erzähle.

Die Schnecke im Ohr

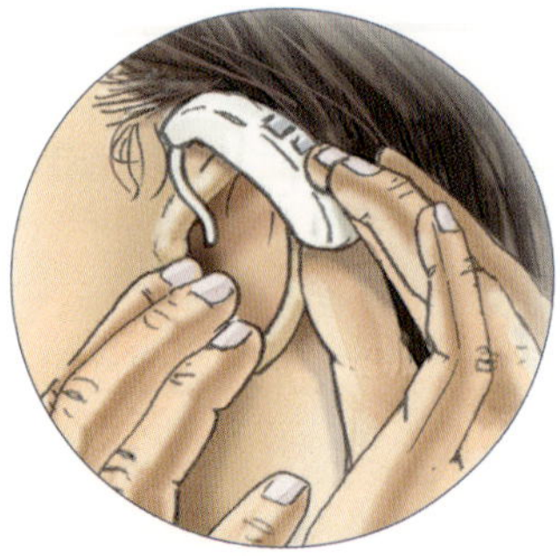

Albina ist schwerhörig. Ohne ihre Hörgeräte hört sie fast nichts. Auch die anderen Kinder in Albinas Klasse können nur ein bisschen hören.

Sie sitzen im Kreis, damit sie sich sehen können. Das ist wichtig, denn sie sprechen mit dem Mund und auch mit den Händen. Sie lernen für jeden Buchstaben ein Zeichen: das Fingeralphabet. Außerdem lernen sie für einzelne Wörter Gebärden.

Es fällt den gehörlosen Kindern schwer, zu sprechen. Die Mädchen und Jungen üben vor dem Spiegel. Albina spürt mit der Hand, wie sich im Hals der Kehlkopf bewegt. Wenn sie ihre Finger unter das Kinn legt und „Mmmm“ sagt, kann sie dies spüren.

Auch Thomas ist in der Klasse. Er trägt ein Cochlea-Implantat. „Das ist wie eine Brille für die Ohren“, sagt Thomas.

S. 10 / 11

Wer genau hinschaut, sieht die Geräte an Thomas' Kopf:

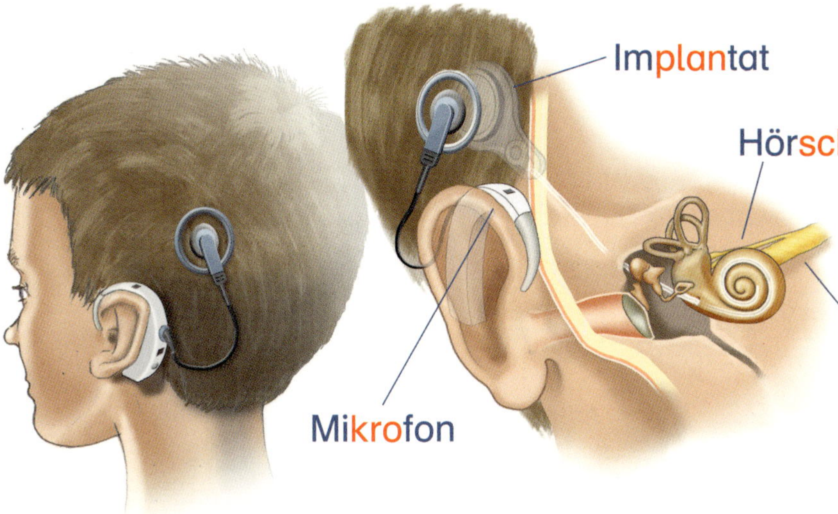

So kann Thomas hören:

1. Ein Mikrofon sitzt hinter dem Ohr.
   Es nimmt Töne und Sprache auf.
2. Die Aufnahme wird an das Implantat unter der Haut geleitet.
   Eine Leitung führt direkt in die Hörschnecke.
3. Das Implantat sendet die Signale an den Hörnerv.

1. Lies den Text. Was verstehst du nicht? Frage nach.
2. Wie kann Thomas hören? Beschreibe.
   Das Bild oben hilft dir.
3. Was weißt du über Gebärdensprache?
   Informiere dich im Internet oder in Sachbüchern.
4. Übe einfache Wörter als Gebärde ein.

Uno, due, tre

Uno, due, tre.
Am Anfang sagt ich: Nee!
Carlo kann ich nicht verstehn,
wenn wir zwei zur Schule gehn.

Quattro, cinque, sei.
Der Carlo rief nur: „Hei!
Ich jetzt eure Sprache lern!
Du mir helfen? Bitte? Gern?“

Sette, otto, nove.
Die Feindschaft ist für Doofe.
Sie will nichts vom anderen lernen,
will von anderen sich entfernen.

Dieci, das heißt zehn.
Bis zehn kann ich schon gehn,
kann schon italienisch zählen,
kann die richtge Pizza wählen.

Josef Reding (gekürzt)

1. Lies das Gedicht mit einem Partner.
   Wechselt euch nach jeder Zeile ab.
2. Fällt es dir leicht, den Text vorzulesen? Was hilft dir?
3. Worum geht es in dem Gedicht? Erzähle.
4. Kannst du auch in anderen Sprachen bis 10 zählen?
   Was ist gleich? Was ist anders?

S. 12
Lesetipp 2 → S. 197

Begrüßung in aller Welt

So begrüßt man sich in anderen Ländern:

Frankreich 	Es gibt zwei bis vier Küsschen auf die Wange. 
Hawaii 	Man zeigt eine Faust mit abgespreiztem Daumen und kleinem Finger. 
Neuseeland 	Die Ureinwohner, die Maori, begrüßen sich mit einem Nasenkuss. 
Japan 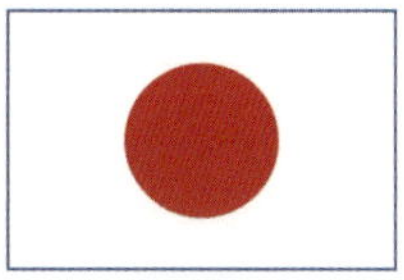	Man verbeugt sich tief. Freunde nicken sich mit dem Kopf zu. 

1. Begrüßt euch wie oben im Text beschrieben. Achtet auf eure Körpersprache (Gesicht, Bewegungen).
2. Wie begrüßt du deine Freunde und Nachbarn? Denke auch an verschiedene Dialekte.

Fachwörter-Lexikon ⇢ Dialekt, S. 220

S. 13

Hannes fehlt

Sie hatten einen Schulausflug gemacht. Jetzt war es Abend. Die Klasse wollte mit dem Bus zur Stadt zurückfahren. Aber einer fehlte. Hannes fehlte. Der Lehrer merkte es, als er die Kinder zählte. Er fragte: „Weiß einer etwas von Hannes?“ Aber keiner wusste etwas.

Der Lehrer und der Busfahrer gingen die Straße zurück. Einer im Bus fragte: „War Hannes überhaupt dabei? Den habe ich gar nicht gesehen.“ „Der ist immer so still“, sagte ein anderer. „Von dem merkt man gar nichts.“

Nach dem Geländespiel hatte der Lehrer die Kinder gezählt. Da war Hannes noch bei ihnen. Der Lehrer und der Busfahrer gingen den Waldweg hinauf. Die Kinder sahen ihnen nach. Einer sagte: „Wenn dem Hannes jetzt etwas passiert ist?“ Ein anderer rief: „Meinst du, den hätte die Wildsau gefressen?“ Sie lachten.

S. 14/15

Die Kinder unterhielten sich über das Geländespiel. Mitten hinein fragte einer: „Vielleicht hat er sich den Fuß verstaucht?“ Die anderen sagten: „Was du dir ausdenkst!“ Aber jetzt waren sie unruhig. Keiner redete mehr. Sie sahen aus den Fenstern und warteten.

Dann kamen die Männer mit Hannes. Nichts war geschehen. Hannes hatte sich etwas verlaufen. Aber nun war er wieder da. Er saß auf seinem Platz und kramte im Rucksack. Plötzlich sah Hannes auf und fragte: „Warum seht ihr mich alle so an?“ „Wir? Nur so“, sagten sie. Und einer rief: „Du hast Sommersprossen auf der Nase!“ Sie lachten alle, auch Hannes. Er sagte: „Die hab ich doch schon immer.“

nach Ursula Wölfel

1. Beantworte die Fragen – allein oder mit einem Partner. In welchen Zeilen kannst du die Antwort nachlesen?
   - Warum merken die Kinder nicht, dass Hannes fehlt?
   - Wer sucht nach Hannes?
   - Wie zeigen die Kinder ihre Freude darüber, dass Hannes wieder da ist?

Nicht mit den Wölfen heulen

1 Es lebte einst ein kleiner Wolf
in einem großen Wald
der heulte mit den Wölfen nicht
nicht am Tag, nicht in der Nacht

Refrain: und traten sie nach ihm
und schimpften
und spuckten sie ihm ins Gesicht
er heulte mit den Wölfen nicht.

2 Versprachen sie ihm Löwenzahn
und schmeichelten sie ihm
die Wölfe kriegten ihn nicht rum
nicht am Tag, nicht in der Nacht

Refrain: und traten …

3 Der kleine Wolf im großen Wald
sang bald sein eignes Lied
sang's ohne Furcht und furchtbar laut
jeden Tag und jede Nacht …

Refrain: und traten …

nach Wilfrid Grote

1. Lies das Gedicht laut. Betone wichtige Wörter.
2. Was wird am Ende jeder Strophe wiederholt?
3. Trage das Gedicht vor – allein oder in der Gruppe.
4. „Mit den Wölfen heulen“ – was ist damit gemeint?

Ausreden in der Schule

Anna: Frau Lehrerin, ich kann nichts dafür.
Es war verflixt – glauben Sie mir:
Mein Wecker hat verschlafen!
Ich werde ihn bestrafen.

Paul: Beim Warten auf die Straßenbahn
biss mich ein wilder Löwenzahn.
Das hat vielleicht wehgetan!
Deshalb bin ich später dran.

Peter: Im Stadtpark flog mir ein Geier ins Ohr
und riss mich zwanzig Meter empor,
sodass ich beide Schuhe verlor.
Ich verspreche, es kommt nicht mehr vor!

Lehrerin: Liebe Kinder, ich glaub euch zwar nicht.
Aber nun zum Sachunterricht.
Wer kann mir sagen:
Wie groß und wie schwer
ist ein aufgebundener Bär?

Georg Bydlinski (gekürzt)

1. Lest das Gedicht mit verteilten Rollen.
2. Welche Ausrede gefällt dir am besten? Warum?
3. „Jemandem einen Bären aufbinden“ ist eine Redensart.
   Was ist damit gemeint? Finde Beispiele im Text.
4. Welche Ausrede fällt dir ein? Erzähle oder schreibe.

Mit verteilten Rollen lesen ⇢ S. 212 Fachwörter-Lexikon ⇢ Redensart, S. 221 S. 16

Große Pause

Pausenzeichen
Buch zuklappen
Tür auf raus
und Jacke schnappen

Gummi twisten
spielen springen
schubsen ärgern
Streit beginnen

weinen lachen
Streit vergessen
Sachen tauschen
Kräfte messen

Pausenzeichen
rennen flitzen
rein ins Zimmer
stille sitzen

Siggi Gsell (gekürzt)

1. Lies das Gedicht laut. Betone wichtige Wörter.
2. Verläuft bei dir die große Pause auch so? Erzähle.
3. Lerne das Gedicht auswendig und trage es vor.

S. 17
Lesetipp 2 → S. 197
Lesetipp 8 → S. 203

Pausengespräch

Tim: Warum hast du mich im Stich gelassen?
Lara: Hm!
Tim: Erst große Töne spucken! Und dann?
Lara: Bring mich bitte nicht auf die Palme!
Tim: Du kannst mir mal den Buckel runterrutschen!
Lara: Beim nächsten Mal lege ich die Hand für dich ins Feuer. Versprochen!
Tim: Dann lass uns unseren Streit begraben!

1. Lies das Pausengespräch mit einem Partner: erst leise – dann laut, erst freundlich – dann wütend.
2. Was bedeuten die Redensarten im Text? Finde zu jedem Satz die passende Erklärung unten.
3. Welche Redensarten kennst du noch? Erzähle.

1. Du kannst mich mal!
2. Dann lass uns unseren Streit beenden.
3. Erst angeben! Und dann?
4. Warum hast du mir nicht geholfen?
5. Beim nächsten Mal bin ich voll und ganz für dich da!
6. Mach mich bitte nicht wütend!

Herr Kratochwil kommt – fast – zu spät

Ich bin immer pünktlich in der Schule.
Sogar der lange Theo kommt – meistens – rechtzeitig.
Dann warten wir auf unseren Lehrer.
Denn Herr Kratochwil kommt fast immer zu spät.
Beim letzten Ton der Schulglocke fliegt die Tür auf.
Herr Kratochwil rennt in die Klasse und ruft:
„Guten Morgen! Da sind wir ja!“
Wir rufen: „Guten Morgen!“,
und einer macht die Tür zu.
Dann freuen wir uns auf die Ausrede.

Herr Kratochwil steigt auf einen Stuhl
und sagt:
„Diese roten Socken wollten
einfach nicht in diese Schuhe!
War das ein Kampf!“

Oder er zeigt auf das Loch in seiner Jacke.
„Ein Indianerpfeil!“, ruft er aufgeregt.
„Zwei Indianer auf weißen Pferden.
Ich musste mich hinter einen Busch werfen.
Ein Pfeil hat mich doch erwischt!“
Er holt einen abgebrochenen
Indianerpfeil aus seiner Tasche.

S. 18 / 19

Wir wissen nie so genau, was wir von Herrn Kratochwils Geschichten halten sollen. Er wohnt nicht weit von der Schule. Kann man auf so einem kurzen Schulweg so viel erleben?

Eines Morgens sah es so aus, als würde Herr Kratochwil gar nicht kommen. Die Tür blieb zu. Auch nach dem Läuten. Da klopfte Herr Kratochwil an die Fensterscheibe. Er hing an einer Strickleiter und hatte eine kleine Katze im Arm. Wir öffneten rasch ein Fenster und halfen ihm ins Klassenzimmer. „Sie ist verletzt“, sagte er. „Armes kleines Kätzchen. Ich habe es auf dem Dach gesehen. Da muss man doch etwas tun!“

Alle mögen den Herrn Kratochwil. Manchmal fürchten wir, dass er den ganzen Unterricht versäumt. Aber bisher hat er es noch jeden Tag geschafft. Von uns kommt keiner mehr zu spät. Schließlich will niemand die Ausreden verpassen.

nach Heinz Janisch

1. Lies den Text und beantworte die Fragen:
   - Warum kommen alle Schüler pünktlich zum Unterricht?
   - Welche Ausreden hat Herr Kratochwil?
   - Was halten die Schüler von seinen Ausreden?

Stichwörter schreiben (Lesetipp 3) ⇢ S. 198

• Lernort Zoo

Die Klasse 4a war im Zoo. Nach der Führung sprechen Mara und Tarek mit Tim. Er arbeitet im Zoo und hat ihnen alles gezeigt.

Tarek: Vielen Dank für die Führung. Unser Zoobesuch war ein tolles Erlebnis.

Tim: Ich freue mich, dass ihr heute hier wart.

Mara: Besonders gut hat mir gefallen, was wir über den Rüssel der Elefanten gelernt haben.

Tim: Es gibt hier im Zoo noch viel mehr zu sehen. Andere Schulklassen lernen etwas zu den Tieren aus dem Regenwald. Oder sie forschen: Welches Futter brauchen die Tiere hier im Zoo?

Tarek: Ich hoffe, wir kommen bald mal wieder.

Mara: Vielen Dank für das Gespräch.

1. Wie sicher kannst du den Text lesen? ☺ 😐 ☹
2. Welche Wörter möchtest du noch üben?
3. Worum geht es im Text? Erzähle.
4. Schaffst du es auch, Lesestufe 2 zu lesen?

•• Lernort Planetarium

Die Klasse 4b besucht nach den Sommerferien ein Planetarium. Nach dem Vortrag sprechen die Kinder mit Frau Vogt.

Hugo: Der Flug durch das Weltall hat sich fast echt angefühlt!

Lola: Die Ringe des Saturns sehen aus der Nähe beeindruckend aus.

Hugo: Der Weltraum ist wirklich schön. Aber auch so groß!

Fr. Vogt: Du hast völlig recht.
Wir fangen gerade erst an, unseren Platz im Kosmos zu begreifen. Es gibt noch so viel zu lernen.

Lola: Bieten Sie im Planetarium noch andere Vorträge an?

Fr. Vogt: Wir haben euch einen Einblick in unser Sonnensystem mit den Planeten gegeben.
Aber hier im Planetarium gibt es noch viel mehr zu entdecken:
Man kann durch die Galaxie reisen und über die Geschichte des Universums lernen.

Lola: Können nur Schulklassen herkommen?

Fr. Vogt: Nein, jeder kann unsere Programme besuchen.
Wir haben auch einen interessanten Astronomie-Ferienkurs für Kinder.

Hugo: Frau Vogt,
vielen Dank für das Gespräch.

1. Du kannst die Texte auch mit einem Partner üben. Wähle mit ihm gemeinsam einen Dialog aus.
2. Stellt euch Fragen zum Text:
   Wer, Was, Wo, Warum, Wie …?

Mit einem Partner lesen → S. 214   Fachwörter-Lexikon → Dialog, S. 220   S. 20

Prometheus

Das Feuer war für die Menschen im alten Griechenland wichtig. Diese Sage erzählt, wie das Feuer zu den Menschen kam.

Prometheus formt die Menschen

Auf der Erde gab es nur Pflanzen und Tiere. Da dachte **Prometheus**, ein griechischer Gott: „Auf der Erde fehlen Lebewesen, die Verstand haben.“ Deshalb nahm er Lehm und formte die Menschen. **Athene**, die Göttin der Weisheit, hauchte ihnen Leben ein. Prometheus zeigte den Menschen, was sie für ein gutes Leben brauchten.

Prometheus holt das Feuer vom Himmel

Eines jedoch fehlte noch: das Feuer. Die Menschen froren und mussten rohes Fleisch essen. Nur der oberste Gott **Zeus** konnte ihnen das Feuer geben. Prometheus bat ihn darum. Aber Zeus lehnte die Bitte ab. Das Feuer sollte nur den Göttern gehören. Da entzündete Prometheus eine Fackel am Sonnenwagen und brachte das Feuer hinunter auf die Erde.

S. 26 / 27

Freude über das Feuer

Bald sah Zeus überall Feuerstellen. Die Menschen wärmten sich. Sie brieten das Fleisch und freuten sich in der Dunkelheit über den hellen Schein des Feuers. Sie hatten nun alles, was sie zu einem guten Leben brauchten.

Zeus wird wütend

Zeus wollte nicht, dass die Menschen fast so gut lebten wie die Götter! Deshalb schickte er den Menschen Krankheiten. Prometheus wurde an einen Felsen im Gebirge geschmiedet.

Zum Glück konnte **Herakles**, selbst ein Gott und Sohn von Zeus, den leidenden Prometheus befreien.

1. Welche Wörter findest du schwer? Was hilft dir?
2. Beantworte die Fragen zum Text:
   - Wie holt Prometheus das Feuer vom Himmel?
   - Wie bestraft Zeus die Menschen?
   - Wie bestraft Zeus Prometheus?
3. Der Text ist eine Sage. Woran erkennst du das? Informiere dich im Fachwörter-Lexikon. → Seite 222

Feuer als Naturgewalt

Wie die Menschen lernten, das Feuer zu nutzen

Schon immer haben die Menschen Feuer und Brände auf der Erde erlebt. Sie fürchteten sich vor starken Blitzen und Waldbränden. Vor einer Million Jahren begannen sie, das Feuer für sich zu nutzen.

In einer Höhle in Südafrika entdeckten Forscher verbrannte Knochen und Pflanzenreste aus dieser Zeit. Die Urmenschen entzündeten mit leicht brennendem Gras ein Lagerfeuer in ihrer Höhle.

Die Wärme des Feuers war sehr wichtig: Nachts schützte das Feuer vor wilden Tieren. Die Menschen konnten ihre Nahrung erhitzen. Dadurch war das Essen leichter zu verdauen. Das Fleisch wurde durch Braten haltbar gemacht. So wurden Krankheitserreger abgetötet.

Das erste Feuerzeug

So machten die Menschen in der Steinzeit Feuer:

❶ Eine Hand hält ein Stück **Pyrit**. Pyrit ist ein Gestein, das golden schimmert.

❷ Die andere Hand schlägt mit einem **Feuerstein** dagegen. Dabei entstehen Funken.

❸ Der trockene **Zunderschwamm** entzündet sich. So kann man leicht ein Feuer machen.

Pyrit

Feuerstein

Zunderschwamm

1. Lies den Text. Achte auf die fett gedruckten Wörter.
2. Beantworte die Fragen – allein oder mit einem Partner:
   - Wann begannen die Menschen, das Feuer zu nutzen?
   - Womit entzündeten sie ihr Lagerfeuer?
   - Wie veränderte sich das Leben der Urmenschen?
3. Wie funktionierte das erste Feuerzeug? Erkläre.
4. Wie haben die Urmenschen noch Feuer gemacht? Informiere dich in Büchern und im Internet.

Stichwörter schreiben (Lesetipp 3) ⇢ S. 198 Im Internet informieren ⇢ S. 215

Feuer aus der Tiefe der Erde

Der Vesuv ist ein Vulkan bei Neapel in Italien. Viele Touristen besuchen nicht nur den Vesuv, sondern auch die Ruinen von Pompeji in seiner Nähe. Pompeji war früher eine alte Römerstadt. Was war geschehen? Es begann im Jahr 79 n. Chr., am 24. August, 10 Uhr früh.

In Pompeji ist Markt. Aber etwas ist anders: Die Tiere sind unruhiger als sonst. Ein Hund bellt. Tauben flattern aufgeregt in den Käfigen. Ein Bauer entdeckt am Hang des Vesuvs eine merkwürdige Wölbung im Boden. Die Erde bebt unter seinen Füßen. Er läuft erschrocken den Hang hinunter. In der Stadt sind noch alle ruhig.

Eine Stunde später wird die Stadt von einer Explosion erschüttert. Aus dem Gipfel des Berges schießt eine Rauchsäule hoch in den Himmel. Eine Aschewolke treibt auf die Stadt zu. Kleine Brocken von Bimsstein regnen herab.

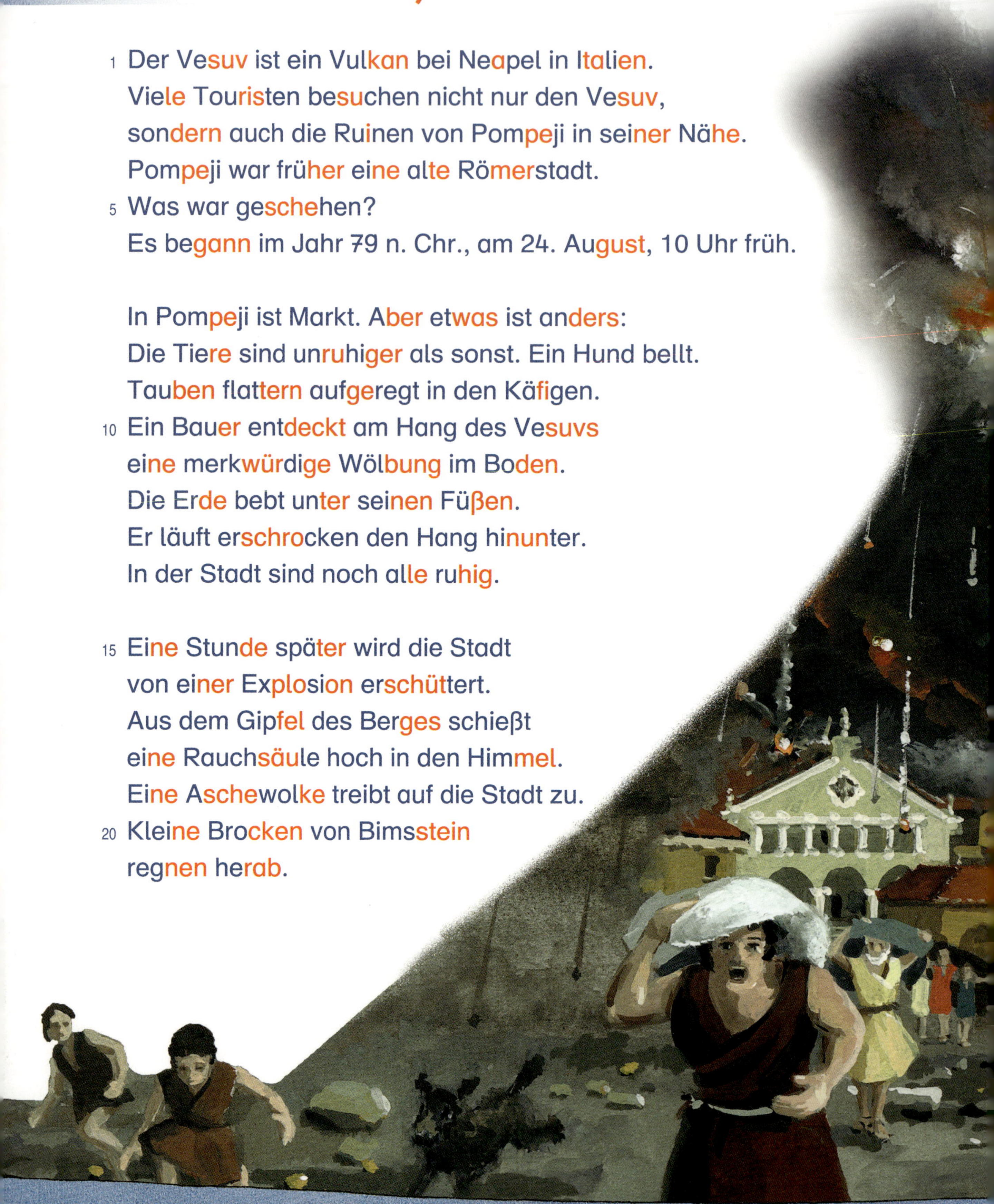

Der Vulkanausbruch wird heftiger. Blitze zucken durch die Rauchwolke. Fast einen Tag dauert der Regen aus Asche und Bimssteinen. Der Boden ist jetzt schon einen Meter hoch bedeckt. Viele Dächer sind eingestürzt.

Die Leute flüchten panisch aus der Stadt zum Meer. Aber manche haben Angst, die Stadt zu verlassen. Sie beten, dass die Katastrophe bald ein Ende hat. Am nächsten Tag ist die Sonne nicht zu sehen. Dann gibt es noch eine Explosion in der Gegend. Der Vulkan spuckt eine heiße Wolke aus. Eine Lawine aus heißer Asche wälzt sich den Berg herab, gerade auf Pompeji zu. Kurze Zeit später ist Pompeji zerstört.

1. Was ist vor dem Vulkanausbruch anders als sonst? (Zeile 7 bis 14)
2. Was passiert beim Vulkanausbruch?
3. Was könnten die Leute in Pompeji beim Vulkanausbruch gedacht haben?

Stichwörter schreiben (Lesetipp 3) ⇢ S. 198

Wasser und Meer

WASSER!

Du hast weder Geschmack
noch Farbe noch Aroma.
Man kann dich nicht beschreiben.
Man schmeckt dich,
ohne dich zu kennen.
Es ist nicht so, dass man dich
zum Leben braucht:
Du bist das Leben!

Antoine de Saint-Exupéry (1900 bis 1944)

Wusstest du ...,
dass Wasser in verschiedenen Formen vorkommt?

gefroren: Eis   flüssig: Wasser   gasförmig: Dampf

Wasser – ein Wort, viele Sprachen

	Sprache	Wort	Aussprache
	deutsch	Wasser	
	italienisch	acqua	a-kwua
	spanisch	agua	a-gua
	englisch	water	wo-ta
	französisch	eau	o
	russisch	вода́	wa-da
	türkisch	su	βu

Wasser auf der Erde

Vom Weltraum aus erscheint die Erde als blauer Planet. Ein großer Teil ist vom Wasser der großen Meere bedeckt.

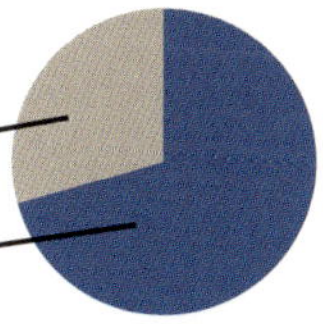

Erde: 29 Prozent
Wasser: 71 Prozent

Wasser ist kostbar

Jeder Mensch braucht Wasser – vor allem zum Trinken und Waschen. In Afrika gibt es wenig Wasser, da es kaum regnet. Das Schaubild zeigt dir, wie viel Liter Wasser jede Person am Tag verbraucht.

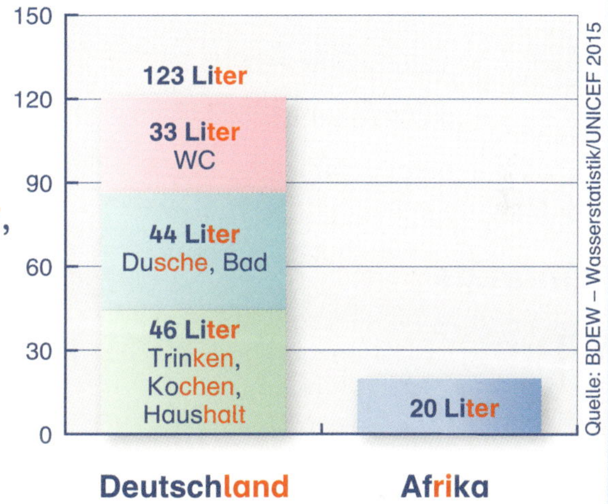

1. Was erfährst du im Text über Wasser? Erzähle.
2. In welchen Sprachen ist das Wort „Wasser“ ähnlich? Versuche, das Wort in allen Sprachen auszusprechen.
3. Schau dir das Schaubild auf Seite 33 an. Vergleiche die Angaben zu Deutschland und Afrika.
4. Wie kannst du Wasser sparen? Tauscht euch aus.

Fachwörter-Lexikon ⇢ Schaubild, S. 222

Wasser und Meer

Zum Schmunzeln

Tipp:
Heißes Wasser
einfach einfrieren.
Dann muss man es
beim nächsten Mal
nicht mehr erhitzen.

Scherzfragen

Wie kann man Wasser
in einem Sieb tragen?

Was geht über das Wasser
und wird nicht nass?

Lösung: gefroren, die Brücke

1. Lies die Texte einem Partner laut und deutlich vor.
   Kann er die Scherzfragen beantworten?

Schon gewusst?

W💧r b💧stehen z💧m gr💧ßen Teil aus W💧sser.
W💧nn wir schw💧tzen, v💧rlieren wir W💧sser.
D💧shalb m💧ssen w💧r reg💧lm💧ßig tr💧nken.
Ein M💧nsch k💧nn m💧hrere W💧chen
ohne Ess💧n l💧ben, ab💧r nicht ohne Tr💧nken.

2. Hier fehlt etwas. Kannst du den Text trotzdem lesen?
3. Schreibe den Text richtig auf.
4. Schreibe einen eigenen Satz ohne Vokale auf.
   Kann dein Partner den Satz lesen?

Mach mit!

Schreibspiel zum Wasser

1. Hier wird mit Sprache gespielt. Welche Wörter haben sich im Bild rechts versteckt?
2. Sammle noch mehr Wörter zum Thema Wasser.
3. Gestalte ein eigenes Bild. Du kannst mit dem Computer oder mit verschiedenen Stiften in schöner Schrift schreiben.

Diese Wörter können dir helfen:

Bach	Wassertropfen
Regenwolke	Regenschirm
Wasserhahn	Regenbogen

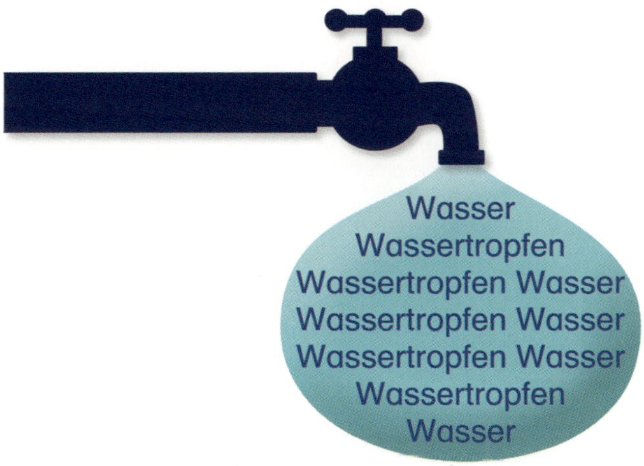


```
ebbeebbeebbeebbeebbe
ebbeebbeebbeebbe   flut
ebbeebbeebbe   flutflut
ebbeebbe   flutflutflut
ebbe   flutflutflutflut
   flutflutflutflutflut
ebbe   flutflutflutflut
ebbeebbe   flutflutflut
ebbeebbeebbe   flutflut
ebbeebbeebbeebbe   flut
ebbeebbeebbeebbeebbe
ebbeebbeebbeebbe   flut
ebbeebbeebbe   flutflut
ebbeebbe   flutflutflut
ebbe   flutflutflutflut
   flutflutflutflutflut
ebbe   flutflutflutflut
ebbeebbe   flutflutflut
ebbeebbeebbe   flutflut
ebbeebbeebbeebbe   flut
ebbeebbeebbeebbeebbe
ebbeebbeebbeebbe   flut
ebbeebbeebbe   flutflut
ebbeebbe   flutflutflut
ebbe   flutflutflutflut
   flutflutflutflutflut
ebbe   flutflutflutflut
ebbeebbe   flutflutflut
ebbeebbeebbe   flutflut
ebbeebbeebbeebbe   flut
ebbeebbeebbeebbeebbe
ebbeebbeebbeebbe   flut
ebbeebbeebbe   flutflut
ebbeebbe   flutflutflut
ebbe   flutflutflutflut
   flutflutflutflutflut
ebbe   flutflutflutflut
ebbeebbe   flutflutflut
ebbeebbeebbe   flutflut
ebbeebbeebbeebbe   flut
ebbeebbeebbeebbeebbe
ebbeebbeebbeebbe   flut
ebbeebbeebbe   flutflut
ebbeebbe   flutflutflut
ebbe   flutflutflutflut
   flutflutflutflutflut
```

Timm Ulrichs

Die Kraft des Windes

Vor vielen Tausend Jahren lernten die Menschen, die Kraft des Windes zu nutzen. Der Wind war Antrieb für Flöße, Boote und große Schiffe. „Wasserfahrzeuge“ sind bis heute mit Segeln ausgerüstet.

Vor etwa 1 000 Jahren begann man, die Kraft des Windes auch an Land zu nutzen. In Gebieten mit viel Wind baute man Windmühlen zum

- Mahlen von Getreide,
- Pumpen von Wasser und
- Sägen von Holz.

In der Stadt Amsterdam drehten sich vor 300 Jahren etwa 500 Windmühlen.

Vor rund 250 Jahren wurde die Dampfmaschine erfunden. Dampfmaschinen wurden mit Kohle beheizt. Die Dampfkraft war viel stärker als die Windkraft. Es entstanden große Fabriken. Dampfschiffe ersetzten die großen Segelschiffe, Dampflokomotiven zogen lange Züge.

S. 34–37

Nach dem Jahr 1850 ersetzte der elektrische Strom nach und nach die Dampfkraft. Der Strom für Fabriken, Wohnhäuser, Züge und Autos wird in großen Kraftwerken erzeugt: in Kohle-, Erdöl-, Gas- und Atomkraftwerken.

Die neue Technik führt aber zu neuen Problemen. Die Abgase der Kraftwerke verschmutzen die Luft. Die Erde wird immer wärmer. Der gefährliche Atommüll muss Millionen von Jahren sicher aufbewahrt werden. Das ist für die Menschen, Tiere und Pflanzen sehr schlecht.

1. **Vor dem Lesen:** Worum könnte es im Text gehen? Lies die Überschrift. Schau dir auch die Fotos an.
2. **Nach dem Lesen:** Wie gefällt dir der Text? Was hast du Neues erfahren?
3. Finde Überschriften zu den Abschnitten im Text.

Zeile 1 bis 7	Zeile 8 bis 16	Zeile 17 bis 25
Zeile 26 bis 33	Zeile 34 bis 43	

Das neue Zeitalter der Windkraft

Die Kraftwerke führten zu vielen Problemen. So suchten Forscher nach neuen Möglichkeiten, Strom zu erzeugen. Damit begann das neue Zeitalter der Windkraft.

❶ Können Windkraftanlagen genug Strom erzeugen?

Forscher der Harvard-Universität in Amerika fanden heraus: Die Windenergie würde für alle Menschen der Welt reichen.

❷ Sind Windräder gefährlich?

Windkraftanlagen sind für Menschen nicht gefährlich. Es entstehen keine Schadstoffe und kein gefährlicher Müll. Vögel können mit Windrädern zusammenstoßen und dabei verletzt oder getötet werden.

❸ Stören Windräder in der Landschaft?

Die Windräder gefallen manchen Menschen nicht. Windräder verändern das Bild einer Landschaft. Das tun auch Fabriken, hohe Schornsteine und Hochhäuser.

❹ Sind Windräder laut?

Windkraftanlagen verursachen Geräusche. Ein Gesetz regelt den Abstand von Windrädern zu Häusern, damit die Menschen nicht gestört werden. Wildtiere wie Rehe und Hasen gewöhnen sich rasch daran.

5 Wie funktioniert eine Windkraftanlage?

Windräder erzeugen elektrischen Strom wie ein Dynamo an deinem Fahrrad – nur sehr viel mehr. Weht der Wind zu stark, schaltet das Windrad ab, damit es nicht beschädigt wird.

6 Wie viel Strom verbrauchen wir?

Das Schaubild zeigt dir, wie viel Strom für die Bereiche im Haushalt verbraucht wird. Stelle dir einen Kreis mit 100 „Kuchen-Stücken“ vor. 1 „Kuchen-Stück“ stellt 1 Stromeinheit dar.

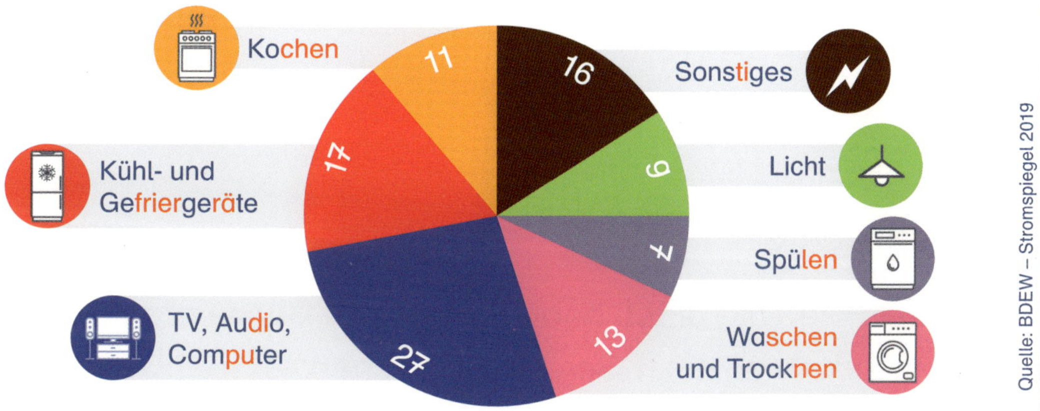

1. Beantworte drei Fragen von Seite 38 und 39 mit eigenen Worten. Schreibe Stichwörter.
2. Stelle deine Ergebnisse in der Klasse vor.
3. Vergleiche die Angaben im Schaubild auf Seite 39. Welcher Bereich verbraucht am meisten Strom?

Einen Text zusammenfassen → S. 206 Fachwörter-Lexikon → Schaubild, S. 222

Lesetraining – Lesen auf 2 Stufen

• Experiment: Kannst du einen Bücherstapel umblasen?

Du brauchst:

- eine Plastiktüte
- einen Stapel mit Büchern

1. Nimm eine Plastiktüte und lege darauf einen Stapel mit Büchern. Die Öffnung der Tüte schaut vorn heraus.
2. Jetzt umfasst du die Tüte so, dass sich eine kleine Öffnung bildet.
3. Atme durch die Nase ein und blase kräftig in die Tüte. Was passiert?

Erklärung:

Wenn du in die Tüte bläst, hebt die Luft den Bücherstapel an und lässt diesen zu einer Seite wegrutschen. Luft kann auf einem engen Raum also so viel Kraft ausüben, dass sie Bücher umwirft.

1. Wie sicher kannst du den Text lesen? ☺ 😐 ☹
2. Welche Wörter möchtest du noch üben?
3. Worum geht es im Text? Erzähle.
4. Schaffst du es auch, Lesestufe 2 zu lesen?

•• Experiment: Was braucht Feuer zum Brennen?

Du brauchst:

- ein Backblech als feuerfeste Unterlage
- drei Teelichter
- ein großes und ein kleines Glas

❶ Stelle die Teelichter auf das Backblech und zünde sie an.

❷ Stülpe die beiden Gläser gleichzeitig über zwei Teelichter. Was geschieht?

Die Kerze unter dem kleinen Glas erlischt zuerst.
Die Kerze unter dem großen Glas erlischt einige Zeit später.
Die Kerze ohne Glas brennt weiter.

Erklärung:

Feuer braucht Sauerstoff aus der Luft, um zu brennen.
Im großen Glas sind zu Beginn des Versuchs viel Luft und viel Sauerstoff.
Im kleinen Glas sind davon weniger.
Das Feuer verbraucht den Sauerstoff schneller und erlischt zuerst.

Sicherheitshinweis:
Mache Experimente mit Feuer nur, wenn Erwachsene im Zimmer sind.
Stelle für den Notfall eine Schüssel mit Wasser zum Löschen bereit.

1. Du kannst die Texte auch mit einem Partner üben. Wähle mit ihm gemeinsam ein Experiment aus.
2. Stellt euch Fragen zum Text:
   Wer, Was, Wo, Warum, Wie …?

Mit einem Partner lesen → S. 214

S. 38

Zwei Augenbrauen sind besser als eine

Mam saß auf dem Rand der Badewanne. Sie betrachtete die rosa Tube und machte „tse-tse“. Dann sagte sie: „Indie, ich kann nicht glauben, dass du das getan hast.“

Okay, zwei Augenbrauen sind besser als eine. Dann murmelte ich: „Ich wusste doch nicht, dass es Creme zur Haarentfernung ist.“ Schnell wischte ich die Reste der Creme ab, bevor noch mehr von meiner Augenbraue verschwand.

Mam seufzte: „Indie, es spielt keine Rolle, ob es Gesichtscreme oder Creme zur Haarentfernung war. Du sollst nicht an die Sachen von Kati gehen, ohne sie um Erlaubnis zu bitten.“ Ich nuschelte: „Kati war nicht da. Ich konnte sie nicht fragen.“ Mam sagte: „Indie, Kati ist bei uns zu Gast. Was du getan hast, war unhöflich.“

Ich habe meine Mam wirklich sehr gern, aber sie redete wie eine … Mutter. Damit gab sie mir das Gefühl, ein Baby zu sein.

„Hi zusammen!“, sagte jemand an der Badezimmertür. Es war Kati. Sie sah heute megacool aus. Kati fragte: „Was ist denn hier los?“ Ich sagte: „Äh … ich hab deine Gesichtscreme ausprobiert, die gar keine war.“

„Uuups“, sagte Kati. „Also, mach dir nichts draus. Ich hab mir mal mit Papas Rasierer einige Haare abrasiert.“ „Oje!“, sagte Mam. „Aber da warst du sicher noch klein. Indie ist schon zehn und sollte es besser wissen.“ „Nein, ich war siebzehn“, antwortete Kati. Mam sagte: „Indie muss sich auf jeden Fall entschuldigen.“ „Äh, ja, ’tschuldigung …“, stammelte ich. „Halb so wild“, sagte Kati, „das stört mich nicht, Indie!“

nach Karen McCombie

1. **Vor dem Lesen:** Worum könnte es im Text gehen? Lies die Überschrift. Schau dir auch die Bilder an.
2. **Nach dem Lesen:** Hat dir der Text gefallen? Was hast du aus dem Text Neues erfahren?
3. Lest den Text mit verteilten Rollen: Indie (Ich-Erzählerin), Mam, Kati.
4. Indie möchte sich bei Kati entschuldigen. Schreibe ihre Entschuldigung auf ein Schmuckblatt.

Lesetipp 4 und 5 ⇢ S. 199, 200 Mit verteilten Rollen lesen ⇢ S. 212

Klassenkeile

„Weißt du sicher, dass du das Geld im Federmäppchen hattest?“, fragt Herr Meinecke. Renate nickt: „Es war ein Zehneuroschein.“ Herr Meinecke schaut die ganze Klasse an. „Jetzt sieht er mich!“, denkt Clara und wird rot. So ergeht es ihr jedes Mal, wenn etwas passiert ist.

Da ruft Bernd: „Die Ente ist ganz rot! Bestimmt war sie es.“ Das war es, was Clara die ganze Zeit befürchtete: Ente – alle rufen sie so, seit sie neu in die Klasse kam. Herr Meinecke sagt zu Bernd: „Du kannst doch Clara nicht einfach verdächtigen.“ Bernd sagt: „Aber sie ist ja ganz rot geworden.“ Clara will etwas sagen, doch sie bekommt den Mund nicht auf. Moni, die hinter Clara sitzt, stößt ihr in den Rücken: „Los, gib Reni das Geld zurück!“ Da legt Clara den Kopf auf den Tisch und weint.

In der kleinen Pause reden alle auf Clara ein. Clara hält es nicht mehr aus. Sie läuft aus der Klasse. In einer Ecke setzt sie sich hin und weint wütend.

Nach der Pause geht Clara in die Klasse zurück. Sie hat Angst vor dem, was nach der letzten Stunde geschieht. Dann klingelt es. Clara zieht langsam ihre Jacke an. Sie will, dass die anderen weg sind, wenn sie nach Hause geht.

Doch die warten auf sie vor dem Schultor. Bernd sagt: „Gib Reni die zehn Euro zurück oder es gibt Klassenkeile.“ Clara sagt: „Ich habe Renis Geld ja gar nicht!“ „Du lügst“, sagt Bernd. Und dann schlägt er Clara ins Gesicht. Einen Augenblick lang ist Clara wie gelähmt. „Rück das Geld raus, Ente!“, ruft Bernd. Da läuft Clara los. Die anderen verfolgen sie. Sie holen Clara ein und stoßen und schubsen sie.

Clara hält sich ihre Mappe vors Gesicht und rührt sich nicht. Eine Frau ruft: „Wollt ihr wohl aufhören!“ Sie zieht Bernd, Michael und Moni von Clara weg. Michael sagt: „Die ist eine Diebin. Sie hat zehn Euro gestohlen.“ „Trotzdem dürft ihr sie nicht schlagen“, schimpft die Frau. Clara lässt ihre Mappe sinken und geht weiter.

Und nun? Soll sie nach Hause gehen? Die Mutter wird sagen: Es liegt an dir, wenn die anderen dich nicht mögen. Clara geht in das Kino am Marktplatz. Nach dem Film ist es draußen schon dunkel. Langsam geht Clara die Straße entlang. Sie bleibt vor einem Schaufenster mit Puppen stehen.

„Warst du noch gar nicht zu Hause?“ Clara fährt herum: Bernd steht hinter ihr. „Das mit dem Geld war ein Irrtum“, sagt er. „Reni hat es einfach zu Hause vergessen.“ Clara sagt: „Ihr seid gemein.“ „Reni wollte sich schon bei dir entschuldigen. Wir waren blöd ... Hat es sehr wehgetan?“, fragt Bernd verlegen. Clara schüttelt den Kopf. Bernd meint ja nur die Schläge.

Clara steht mit Bernd vor dem Haus und schweigt. Bernd sagt leise: „Wir wollen nicht mehr Ente zu dir sagen.“ Clara fragt: „Warum verspotten sie dich eigentlich nicht? Ich meine … wegen deiner roten Haare.“ Bernd grinst: „Das haben sie. Feuermelder haben sie zu mir gesagt. Aber sie haben es schnell wieder sein lassen.“ „Und warum?“, fragt Clara. Bernd sagt: „Ich hab sie verhauen.“ „Im Prügeln bist du stark, was?“, sagt Clara.

Und sie begreift: Bernd tut nur so stark, weil er Angst hat. Sie muss lachen. „Wenn die anderen uns jetzt sehen würden! ‚Die Ente und der Feuermelder‘ würden sie sagen.“ „Quatsch!“ Bernd wendet sich ärgerlich ab. Doch dann dreht er sich wieder um und lacht: „Die sollen sich selber ansehen, so schön sind sie auch nicht!“

nach Klaus Kordon

1. Sprecht in einer Lesekonferenz über den Text. ⇢ S. 207
2. Was die Klasse mit Clara macht, nennt man Mobbing. Was ist damit gemeint? Nenne Beispiele im Text.
3. Clara denkt am Abend noch lange über alles nach. Schreibe ihre Gedanken auf.

Das geht Frau Neugebauer überhaupt nichts an

Hannes stürmt ins Kinderzimmer. Anne spielt gerade.
„He, pass auf! Beinah hättest du meine Kuh umgeworfen!“
„Selber Kuh!“, brummelt Hannes.
„Mann, du bist vielleicht schlecht gelaunt!“, ruft Anne.
„Hat dich der Lehrer geärgert?“
„Nein!“
„Die anderen Kinder der Schule?“
„Quatsch!“
„Wer denn dann?“
„Die Mama.“
„Die Mama! Unsere Mama?“ Anne wird neugierig.
Sie setzt sich neben Hannes aufs Bett.
„Was hat sie denn gemacht? Erzähl doch mal!“
Erst will Hannes nicht, aber dann sagt er:
„Sie hat sich mit Frau Neugebauer unterhalten.“
Anne ist richtig enttäuscht. „Das ist alles?“, fragt sie.
„Darf sie sich denn nicht unterhalten?“

Hannes erklärt: „Sie soll sich ja ruhig unterhalten. Aber nicht über mich. Und schon gar nicht, wenn ich dabei bin."
„Was hat Mama denn über dich erzählt?"
„Als ich die Treppe hochkam, hab ich gehört, wie sie Frau Neugebauer von den vielen Fehlern im Diktat erzählt hat. ‚Das wäre jetzt mein Rekord', hat sie gesagt."
„So was!", sagt Anne. „Das ist aber nicht nett von Mama."
„Das finde ich auch! Das geht Frau Neugebauer überhaupt nichts an", sagt Hannes.

„Und weißt du, was Frau Neugebauer zu mir gesagt hat, als ich an ihr vorbeiging? ‚Na, Hannes, was hört man da von dir? So viele Fehler! Was hat denn dein Vater dazu gesagt?' Ich hab gar nicht gewusst, was ich antworten soll. Ich bin einfach ganz schnell vorbeigegangen. Und Mama hat auch noch gelacht!"
„Richtig gelacht?", fragt Anne ungläubig.
„Na ja, mehr gelächelt", sagt Hannes.
„Sie hat gar nicht gemerkt, wie schlimm ich das fand."

nach Paul Maar

1. Lies den Text – allein oder mit einem Partner.
2. Worüber ärgert sich Hannes? Schreibe Stichwörter.
3. Hannes und Anne sprechen mit ihrer Mutter. Wie könnte die Geschichte weitergehen? Spielt das Gespräch in der Familie als Rollenspiel.

Tsozos neue Welt

Tsozo verließ mit seinen Eltern seine alte Heimat. Das Dorf, das kleine Haus, den staubigen Fußballplatz, seine Großmutter, seine Tanten und Onkel und seine Freunde. In der neuen Welt war alles für ihn fremd. Die Wohnung, das Dorf, die Berge, die Pflanzen und die Tiere. Auch das Wetter war anders. Im Supermarkt gab es immerhin die gleichen Früchte. Doch sie schmeckten nicht so süß wie zu Hause.

Das Allerschlimmste aber war die Sprache. Tsozo verstand die Menschen hier nicht. An einem Donnerstag ging Tsozo zum Spielplatz. Die anderen Kinder beachteten ihn nicht. Eine Frau sagte etwas zu ihm. Doch Tsozo verstand sie nicht. Er bekam Angst und rannte nach Hause.

Abends am Telefon sagte er zu seiner Großmutter: „Ich kann hier mit niemandem reden. Ich will nach Hause!“ Er begann zu weinen. Seine Großmutter tröstete ihn. „Du musst die Ohren spitzen und geduldig sein. Dann wirst du die neue Sprache bald verstehen.“

Das erste Wort

Am nächsten Tag ging Tsozo wieder zum Spielplatz. Auch die Kinder waren wieder da und spielten Fußball. Tsozo schaute ihnen zu und spitzte die Ohren. Und bald verstand er tatsächlich das erste Wort: **TOR**!

Einmal flog der Ball weit über das Feld hinaus. Tsozo brachte ihn den Kindern zurück. Daraufhin durfte er mitspielen. Das war toll. Und so lernte er Anna, Mia und Noah kennen. Auch die Wörter: **ich**, **du**, **heißen**, **wir**, **zwei** und **Fußball**.

Am nächsten Morgen traf er wieder Anna, Mia und Noah. Tsozo sagte: „Hallo!“ Die Kinder sagten: „Hallo, Tsozo! Komm! Wir spielen Fußball.“ Tsozo lernte weitere Wörter kennen: **rennen**, **fangen**, **zählen**.

Am Montag fuhr Tsozo mit seinem Fahrrad zum Spielplatz. Und er lernte noch andere Wörter dazu: **rot**, **fahren**, **Himmel**, **Sonne**, **Wiese**, **grün**, **Sand**, **Schaufel**, **Burg**, **kaputt**.

Tsozos erstes Abenteuer

Am Dienstag brachten auch Anna, Mia und Noah ihre Fahrräder mit. Sie fuhren mit Tsozo zur alten Burg hinauf. Zuerst stiegen sie auf den Turm. Danach sagte Mia: „Jetzt gehen wir einen Schatz suchen. Kommt!“ Sie zeigte ihnen den Geheimgang. Der dunkle Eingang lag hinter einem Busch. Mia und Anna knipsten ihre Taschenlampen an. Sie verschwanden im Geheimgang. Dann folgte Noah. Doch Tsozo zögerte. Der Gang machte ihm Angst.

Noah rief laut: „Tsozo, komm!“ Vorsichtig ging Tsozo weiter. Im gleichen Augenblick polterte und krachte es auch schon. Tsozo rannte schnell ins Freie. Auf einmal war alles ganz still. Als sich der Staub verzogen hatte, sah Tsozo: Der Geheimgang war eingestürzt. Ein großer Steinhaufen lag davor.

Tsozo rief die Namen seiner Freunde und horchte. Ganz leise hörte er: „Hilfe! Tsozo, geh Hilfe holen!“ Schnell raste Tsozo mit seinem Fahrrad ins Dorf hinab. Dort erklärte er einem Mann in seiner eigenen Sprache, was passiert war. Doch der Mann verstand ihn nicht.

Tsozo musste es ihm in der neuen Sprache erklären: „Anna, Mia, Noah, Fahrrad fahren, Burg. Kaputt. Kaputt!! Hilfe!“ Jetzt verstand der Mann und rief die Polizei an.

Bald waren alle Helfer eingetroffen. Mit einem kleinen Bagger räumten sie den Geheimgang frei. Anna, Noah und Mia konnten gerettet werden. Anna war ein Stein auf den Arm gefallen. Der Knochen war gebrochen.

Am nächsten Tag besuchten die Kinder Anna zu Hause. Sie freute sich sehr über den Besuch. Sie aßen Schokolade und sprachen über ihr Abenteuer. Tsozo lernte die Wörter **Gips** und **schreiben**. Das allerwichtigste Wort aber war: **Freunde**.

nach Frank Kauffmann

1. **Vor dem Lesen:** Schau dir die Bilder an. Worum könnte es im Text gehen?
2. Tsozo verlässt mit seinen Eltern seine alte Heimat. Was ist in seiner neuen Welt anders? (Seite 50)
3. Wie kannst du jemandem helfen, damit er sich in der neuen Heimat schnell wohlfühlt?

Tsozo

A Tsozo rennt schnell aus dem Geheimgang ins Freie.
B Tsozo fühlt sich allein, niemand beachtet ihn.
C Tsozo lernt auf dem Spielplatz neue Freunde kennen.
D Tsozo fährt mit dem Fahrrad los und holt Hilfe.

1. Finde zu jedem Bild den passenden Satz.
   Welcher Satz bleibt übrig?

Ball	Rad
Fußball	Fahrrad
Fußballstadion	Kinderfahrrad
Fußballstadionsprecher	Kinderfahrradsattel

2. Lies die immer längeren Wörter.
3. Tsozo lernt viele neue Wörter kennen. (Seite 51)
   Bilde aus zwei davon eigene Treppenwörter.
   Schreibe sie auf und lies sie einem Partner vor.

Bin so

Bin so
so traurig,
dass mir der Kopf
fast vom Hals fällt,
dass das Dach
vom Haus fällt,
dass das Haus fällt.

Bin so
so traurig,
dass die Tränen nur so
an mir herunterlaufen,
immer nur so herunter,
dass das Hemd nass,
die Hose nass,
die Haut nass.

Denn das hört
denn das hört nie mehr auf,
dass der Kopf mir fast vom Hals,
dass das Dach fällt,
dass das Haus.

Jürg Schubiger (gekürzt)

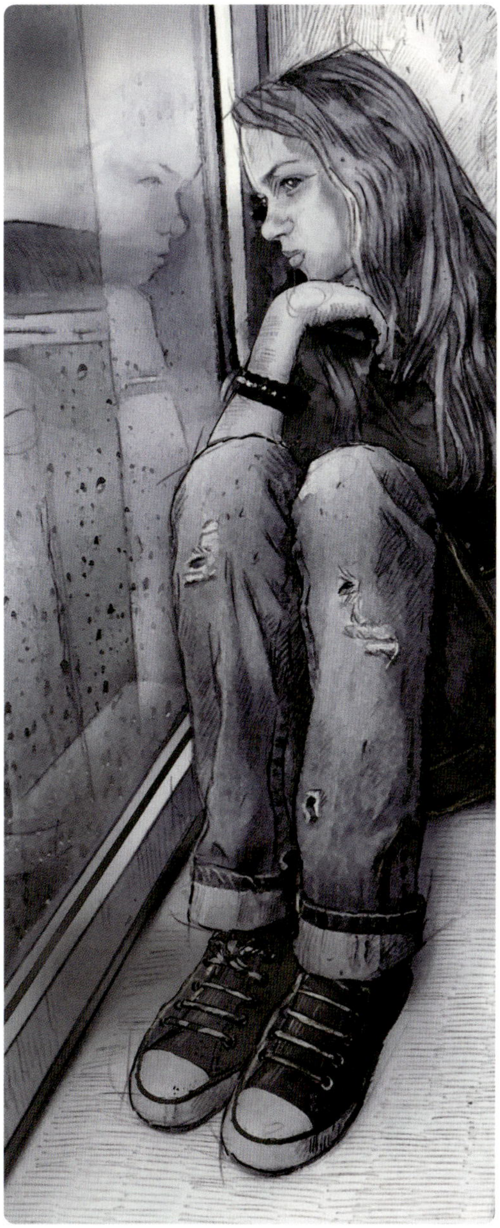

1. Was hilft dir, wenn du traurig bist? Erzähle oder schreibe.
2. Übe mit einem Partner, das Gedicht vorzutragen.
3. Wie haben euch die Vorträge gefallen? ⇢ Seite 212

Lesetraining – Lesen auf 2 Stufen

• Lisa – ein starkes Mädchen im Rollstuhl

Lisa hatte einen schlimmen Unfall. Seitdem sitzt sie im Rollstuhl. Manchmal ist sie traurig, weil sie nicht mehr auf Bäume klettern und Schlitten fahren kann. Durch viel Üben hat Lisa starke Arme. Sie kann ihren Rollstuhl allein rollen. Darauf ist sie sehr stolz.

Aber manchmal braucht Lisa Hilfe. Dann fragt sie andere freundlich, ohne sich zu schämen. Lisa findet es blöd, wenn die Leute sie mitleidig anschauen. Oder einfach den Rollstuhl schnappen und Lisa schieben, ohne sie vorher zu fragen. Gut, dass Lisa ihre Freundin Hanna hat. Mit ihr kann sie über alles reden.

1. Wie sicher kannst du den Text lesen? ☺ 😐 ☹
2. Welche Wörter möchtest du noch üben?
3. Worum geht es im Text? Erzähle.
4. Schaffst du es auch, Lesestufe 2 zu lesen?

•• Lisa, ein starkes Mädchen im Rollstuhl

Manchmal wünscht sich Lisa, dass alles wieder so wird wie früher. Dann könnte sie auf Bäume klettern, Rollschuh laufen und im Winter Schlitten fahren. Seit einem schlimmen Unfall sitzt Lisa im Rollstuhl. Sie war mit dem Fahrrad unterwegs, als ein Auto sie übersehen hatte. Bei dem heftigen Sturz wurde ihre Wirbelsäule verletzt, ihre Beine sind seitdem gelähmt. Durch regelmäßiges Training hat Lisa viel Muskelkraft in den Armen bekommen. Deshalb kann sie den Rollstuhl allein rollen. Darauf ist sie sehr stolz.

Wenn sie dennoch Hilfe von anderen benötigt, fragt sie freundlich, ohne sich zu schämen. Blöd findet Lisa es, wenn die Leute einfach etwas machen, ohne sie vorher zu fragen. Einmal schob eine Frau Lisa einfach den Bordstein hinauf, obwohl sie das auch gut allein geschafft hätte.

Lisa mag es auch nicht, wenn andere sie mitleidig ansehen. Dann fühlt sie sich richtig schlecht. Gut, dass Lisa ihre Freundin Hanna hat. Mit ihr kann sie über alles reden. Von ihr fühlt sie sich akzeptiert – so, wie sie ist.

1. Du kannst die Texte auch mit einem Partner üben. Wähle mit ihm gemeinsam einen Text aus.
2. Stellt euch nach jedem Abschnitt Fragen zum Text: Wer, Was, Wo, Warum, Wie ...?

Parzival und die Ritter der Tafelrunde

Parzival lebte mit seiner Mutter Herzeleide einsam im Wald. Einmal begegneten ihm drei Ritter in glänzender Rüstung. Parzival sagte: „Ihr seht so wunderbar aus. Seid ihr Engel?“ Ritter Lancelot lachte: „Wir sind Ritter. Wir reiten nach Camelot, zur Burg von König Artus.“ Parzival fragte: „Wie wird man Ritter?“ Lancelot sagte: „Du musst Abenteuer lieben und tapfer sein. Komm selbst nach Camelot, wenn du willst.“

Parzival eilte nach Hause und erzählte alles seiner Mutter. „Ich will auch ein Ritter werden“, sagte er. „Ich werde morgen nach Camelot gehen.“ Herzeleide begann zu weinen. Sie sagte: „Lieber Parzival, dein Vater war ein Ritter und deine beiden älteren Brüder waren Ritter. Sie alle verloren ihr Leben im Kampf. Bleib bitte hier!“ Aber alles Reden und Bitten half nicht. Sie musste Parzival ziehen lassen.

Der Weg nach Camelot war lang. Am Abend sah Parzival die Türme der Burg. Vor dem Tor traf er einen Ritter in roter Rüstung. Der Ritter sagte: „Bring diesen Becher zu König Artus. Danach darfst du dir zur Belohnung etwas wünschen."

Parzival übergab König Artus den goldenen Becher und wollte gleich ein Ritter werden. König Artus sagte: „Erst musst du lernen, wie ein Ritter sich verhält. Außerdem brauchst du eine Rüstung und ein Pferd."

Parzival kehrte zum Roten Ritter zurück und sagte: „Den Becher habe ich König Artus zurückgebracht. Gib mir nun zur Belohnung deine Rüstung und dein Pferd." Der Rote Ritter stieß Parzival wütend zu Boden. Voller Wut schleuderte Parzival seinen Wurfspieß auf ihn. Der Rote Ritter fiel tot zu Boden. Parzival nahm sich die Rüstung und das Pferd. Er ritt davon und weinte.

nach Wolfram von Eschenbach

1. Der Text ist eine Sage. Woran erkennst du das? Informiere dich im Fachwörter-Lexikon. ⇢ Seite 222
2. Finde Überschriften zu den Abschnitten im Text.
3. Gestalte ein Schaubild zum Text. Ideen dazu findest du auf Seite 206.
4. Welches Abenteuer könnte Parzival noch erleben? Male einen Comic oder schreibe.

Die Veilchentasse

Marlies lebt mit ihren Eltern und ihrer Oma zusammen. Es ist fast elf Uhr nachts. Vor einer Stunde ist die Oma von zwei Polizisten heimgebracht worden. Der Vater und die Mutter haben sie ins Bett gebracht. Die Mutter sagt: „Jetzt muss Oma wirklich ins Heim.“ Der Vater sieht müde aus. Die Oma ist seine Mutter.

Die Oma ist weggelaufen, als die Mutter einkaufen war. „Die Oma ist weg!“, hat die Mutter gesagt, als Marlies von der Schule heimgekommen ist. Marlies hat Hausaufgaben gemacht. Dann hat sie sich in Omas Sessel gesetzt. An ihrem Geburtstag vor zwei Jahren war ihre Oma noch ganz gesund.

In ihrem Glasschrank hat die Oma zwölf Blumentassen. Und zu jeder Tasse hat sie eine Geschichte erzählt … Schönere Tassen gibt es nicht. Doch die allerschönste ist die Veilchentasse. Marlies hat dauernd an die Oma denken müssen. Und dass die Oma eine sehr liebe Oma ist, auch wenn sie manchmal komische Sachen macht.

Am nächsten Morgen fragt Marlies ihre Mutter: „Wo ist Vater?“ Die Mutter sagt: „In das Heim am Ammersee gefahren.“ Marlies fragt: „Warum können wir Oma nicht hierbehalten?“ Die Mutter schaut Marlies nicht an: „Sie braucht immer jemand, der auf sie aufpasst. Und das können wir nicht.“

Zwei Tage ist die Oma dann noch zu Hause geblieben. „Nein, Wolfi. Lass mich hier, Wolfi“, war das Letzte, was sie zu Vater gesagt hat. Danach lag sie nur noch im Bett.

Am Mittwoch trägt der Vater zwei große Koffer zum Auto. Marlies umarmt die Oma und sagt: „Wir besuchen dich jedes Wochenende. Die Mama hat’s versprochen.“ Aber die Oma gibt keine Antwort. Sie lässt einfach alles mit sich geschehen.

„In zwei, drei Stunden sind wir wieder da“, sagt die Mutter zu Marlies. Marlies sagt: „Aber wenn sie doch nicht will. Warum macht ihr das, wenn sie nicht will?“ Unten hupt der Vater und die Mutter beeilt sich.

Marlies ist froh, dass sie nicht mitfahren muss.
Sie setzt sich in Omas Sessel und möchte weinen.
Aber es kommt keine einzige Träne.

Marlies geht zum Glasschrank.
Sie nimmt die Rote-Rosen-Tasse heraus.
Der Bauch tut ihr weh. Da hebt sie die Tasse hoch
und schmeißt sie gegen die Wand.
Mit einem Knall fallen die Scherben zu Boden.
Marlies nimmt die Tulpentasse.
Dann die Gänseblümchentasse.
Mit jedem Krachen tut ihr der Bauch weniger weh.
Die Veilchentasse ist die letzte.

Auf einmal fängt Marlies an zu weinen.
Vorsichtig stellt sie die Tasse zurück.
Sie versteht nicht,
warum sie das gemacht hat.
Die Oma könnte es ihr
bestimmt erklären.

nach Mirjam Pressler

1. **Vor dem Lesen:** Worum könnte es im Text gehen? Lies die Überschrift. Schau dir auch die Bilder an.
2. **Nach dem Lesen:** Hat dir der Text gefallen? Was hast du im Text Neues erfahren?
3. Warum schmeißt Marlies die Tassen gegen die Wand?
4. Informiere dich im Internet oder in Büchern über Demenz.

Lesetipp 4 und 5 ⇢ S. 199, 200 Im Internet informieren ⇢ S. 215

Lesetraining

Die Veilchentasse

① Glasschrank
Veilchentasse
Wand
Wochenende
Scherben
Sessel

② Hausaufgaben
Geburtstag
Knall
Bauch
Blumentassen
Geschichte

1. Lies die Wörter, so schnell du kannst.
2. Lies einem Partner die Wörter in Kasten 1 oder 2 vor.
   Dein Partner liest den Text auf Seite 60 bis 62.
   Findet er alle Wörter, die du vorgelesen hast?
3. Tauscht die Rollen.

A Die Oma ist die Mutter von Marlies' Mutter.

B Während Marlies' Mutter einkauft, läuft die Oma weg.

C In Omas Glasschrank stehen zwölf Blumentassen.

D Bis auf die Veilchentasse schmeißt Marlies alle Tassen gegen die Wand.

E Die Oma erinnert sich an alles, was Marlies ihr erzählt.

F Marlies' Eltern fahren mit der Oma ins Krankenhaus.

4. Lies genau. Welche Sätze stimmen?

Für Samay

Wir kommen weit her
liebes Kind
und müssen weit gehen
keine Angst
alle sind bei Dir

die vor Dir waren
Deine Mutter, Dein Vater
und alle, die vor ihnen waren
weit weit zurück

alle sind bei Dir
keine Angst
wir kommen weit her
und müssen weit gehen
liebes Kind

Dein Großvater
8. Mai 1985

Heinrich Böll (1917 bis 1985)

1. Lies das Gedicht mit einem Partner. Wechselt euch nach jeder Zeile ab.
2. Wovor könnte Samay Angst haben?
3. Wie können Eltern ihrem Kind bei Angst helfen?
4. In dem Gedicht werden Zeilen wiederholt.
   - Was könnte sich der Autor dabei gedacht haben?
   - Was steht in den Zeilen mit nur zwei Wörtern?

S. 63 Lesetipp 2 → S. 197 Fachwörter-Lexikon → Autor, S. 220

Mach mit!

Sprüche lesen und gestalten

Freunde sind wie Sterne.
Man sieht sie
zwar nicht immer,
aber sie sind immer da.

Manche Menschen
geben deiner Welt
etwas Besonderes.
Einfach, weil es sie gibt.

Es sind die kleinen Dinge,
die Freude machen.

Die schönsten Erinnerungen
sind die, die einem
beim Zurückdenken
ein Lächeln
auf die Lippen zaubern.

Verfasser unbekannt

1. Lies die Sprüche einem Partner vor:
   erst leise – dann laut, erst langsam – dann schnell.
2. Wem willst du einen Spruch schenken?
   Schreibe deinen Spruch in schöner Handschrift.
   Du kannst ihn auch als Schmuckblatt gestalten
   oder mit dem Computer schreiben.
3. Gestaltet in der Klasse ein Buch mit Sprüchen.

S. 69

Erstens, zweitens, drittens

Katrins Opa ist vor einem Jahr gestorben. Sie muss aber noch oft an ihn denken. Manchmal besucht sie ihn mit Oma auf dem Friedhof. Der Grabstein von Opa ist ein kleiner Felsbrocken. Katrin findet, der Stein passt gut zu Opa. Er war ja auch sehr klein und dick. Und oft sehr stur. Trotzdem hat Katrin ihren Opa sehr gern gehabt.

Wenn er mit ihr im Park spazieren ging, erzählte er immer was. Mal redeten sie über die Sterne am Himmel. Mal über Tiere. Mal darüber, wie es war, als ihre Eltern noch Kinder waren. Mit anderen Leuten sprach Katrins Opa nicht so gern. Im Stadtpark wollte Katrin von ihrem Opa mal wissen, warum er vor allem mit ihr so gern sprach. Da setzte er sich auf eine Bank und schwieg lange.

S. 64/65

Dann sagte er leise:

- „Erstens, weil ich dich sehr lieb habe.
- Zweitens, weil ich mich gern mit Leuten unterhalte, die noch neugierig sind.
- Drittens, weil ich möchte, dass du später an mich denkst."

Mit „später" meinte Opa die Zeit nach seinem Tod. Katrin verstand das sofort. „Ich möchte", sagte Opa, „dass du dich später daran erinnerst, was wir zusammen gemacht und worüber wir geredet haben. Dann kannst du eines Tages deinen Kindern von Oma und mir erzählen. Und deinen Enkeln. Auf diese Weise werden wir nicht vergessen."

Katrin wird ihren Kindern von ihren Großeltern erzählen. Das nimmt sie sich immer vor, wenn sie vom Friedhof kommt. Und ein klein bisschen freut sie sich schon darauf.

nach Klaus Kordon

1. Warum passt der Stein auf dem Grab gut zu Opa? In welchen Zeilen im Text kannst du das nachlesen?
2. Warum redet Opa am liebsten mit Katrin? Schreibe Stichwörter und erzähle.
3. Was weißt du über den Autor Klaus Kordon? Informiere dich auf Seite 218 und im Internet.
4. Lies das Gedicht „Für Samay". (Seite 64)
5. Vergleiche nun die beiden Texte: Was ist gleich?

Lesetraining – Lesen auf 2 Stufen

• Kindheit um 1956

Liebes Tagebuch! Donnerstag, 19. Juli 1956

Heute waren wir wieder am See baden. Walter hatte seinen großen Gummischlauch von einem alten Autoreifen dabei. Es hat viel Spaß gemacht, damit zu spielen. Später waren wir auf den Wiesen und im Wald und haben Verstecken gespielt.

Danach habe ich meinen Bruder im Kinderwagen spazieren gefahren. Eva schob ihren Puppenwagen, die anderen Mädchen mussten ihre Puppen tragen. Am Nachmittag spielten wir mit Murmeln. Wir warfen sie gegen eine Hauswand. Wer am nächsten zur Wand geworfen hatte, bekam alle Murmeln. Manchmal spielen wir das auch mit kleinen Geldstücken.

1. Wie sicher kannst du den Text lesen? ☺ 😐 ☹
2. Welche Wörter möchtest du noch üben?
3. Worum geht es im Text? Erzähle.
4. Schaffst du es auch, Lesestufe 2 zu lesen?

•• Kindheit um 1986

Liebes Tagebuch! Freitag, 18. Juli 1986

Leider hatten Michi und Patrick heute keine Zeit, mit mir ins Freibad zu gehen. Michi hatte Gitarrenunterricht und Patrick war beim Tennis. Also spielte ich allein mit meiner neuen Autorennbahn. Das macht Laune, die Autos durch die Rennbahn flitzen zu lassen!

Eigentlich wollte Mama, dass ich hinaus auf die Straße gehe. Aber dazu hatte ich keine Lust. Ständig muss man aufhören zu spielen, weil ein Auto kommt. Außerdem waren die Mädchen mit ihren Hüpfgummis draußen. Da wollte ich sowieso nicht mitmachen.

Später brachte Patrick eine Kassette vorbei. Wir hörten „Die drei ???“ – echt spannend!

Als Papa von der Arbeit nach Hause kam, machten wir uns warme Toastbrote. Anschließend sind wir mit dem Auto zum Bolzplatz gefahren und haben gekickt. Papa kam ganz schön ins Schwitzen!

1. Du kannst die Texte auch mit einem Partner üben. Wähle mit ihm gemeinsam einen Tagebucheintrag aus.
2. Stellt euch nach jedem Abschnitt Fragen zum Text: Wer, Was, Wo, Warum, Wie …?

Mit einem Partner lesen ⇢ S. 214
S. 66

Markus mag Maja

Markus mochte Maja sehr. Jetzt ging es ihm aber schlecht. Er hatte beobachtet, dass Ralf zu Maja hinüberstarrte. Markus zählte nur noch, wie oft Ralf zu Maja hinübersah.

Auf dem Heimweg sagte Ralf zu Markus: „Ich glaube, Maja mag mich nicht.“ Markus fühlte sich auf einmal richtig gut. „Woher weißt du das?“, fragte Markus. Ralf sagte: „Gute Frage! Ich weiß es gar nicht. Vielleicht mag sie mich ja doch!“ Jetzt ging es Markus wieder schlecht.

Zwei Tage später sagte Ralf: „Stell dir vor, Maja mag mich. Sie geht mit mir ins Kino.“ Markus konnte es nicht fassen. Da sagte Ralf: „Übrigens – sie geht nur mit mir ins Kino, wenn du auch mitkommst.“ „Was?“ Markus hatte Herzklopfen. „Ja, du sollst mit ihrer Freundin Lisa gehen“, sagte Ralf.

Am Nachmittag machte Markus sich auf den Weg zum Kino. Ralf, Maja und Lisa warteten schon. Wie im Fieber ging Markus neben Lisa her. Er sah Maja nicht ein einziges Mal an.

S. 70 / 71

Er setzte sich neben Lisa und wartete auf das Ende des Films. Warum war er eigentlich mitgekommen? Ihm war abwechselnd heiß und kalt. Vielleicht wurde er krank? Als sie wieder auf der Straße standen, rannte er davon.

Am nächsten Morgen wartete Maja vor der Schule auf Markus. Sie fragte: „Was war denn los? Ich dachte, du gehst mit mir ins Kino und Ralf geht mit Lisa – so wie es verabredet war.“ „Was?“ Markus konnte es nicht glauben. „Du wolltest mit Ralf ins Kino, und ich sollte mit Lisa gehen.“ Maja schüttelte den Kopf. „Heißt das, du wolltest mit mir ins Kino?“ Maja nickte. „Ach, Maja …“, sagte Markus. „Ich wollte dir schon lange sagen, dass ich … dass ich …“ „Ich mag dich auch!“, sagte Maja.

nach Rosemarie Künzler-Behncke

1. Worum geht es im Text? Erzähle.
   Die Bilder auf Seite 70 unten helfen dir.
2. Markus fühlt sich im Kino nicht wohl.
   Was könnte er denken und fühlen? Schreibe auf.
   So kannst du beginnen: *Gestern war ich im Kino …*
3. Lies den anderen deinen Text vor.
   Was ist gut? Was könntest du noch besser machen?

Lesetipp 5 → S. 200 Mit Texten kreativ umgehen → S. 210

Mädchentore zählen doppelt

Heute war Lolas erster Tag an der neuen Schule. Das Wetter war warm und sonnig. Ideal für ein Fußballturnier! Lola liebte Fußball und freute sich riesig.

Herr Wiedemeyer, der Sportlehrer, sagte: „Wir bilden gemischte Mannschaften. Jede Klasse hat drei Kapitäne. Die suchen sich abwechselnd ihre Leute aus.“ Die Kapitäne begannen mit der Auswahl: „Ich nehme Lennart!“ – „Keanu!“ – „Hamid!“ Zum Schluss waren die Mädchen an der Reihe. Kapitän Olli holte tief Luft: „Dann nehme ich eben die Neue.“ „Lola heiße ich!“, sagte Lola laut und zog das gelbe Band über. „Denkt daran, Jungs, Mädchentore zählen doppelt!“, sagte Herr Wiedemeyer noch.

Die Gelben und die Grünen mussten erst mal zuschauen. Lola begriff schnell, was es mit dieser Regel auf sich hatte: Die Jungs spielten sich gegenseitig die Bälle zu. Die Mädchen wurden nicht angespielt. Aber immer, wenn der Ball Richtung Tor flog, schrie einer: „Los, Clara, schieß doch!“ Oder: „Luisa, hol den Ball!“ Und dann schoss einer der Jungs das Tor. Lola machte eine finstere Miene. So etwas Blödes.

Doch jetzt waren endlich die Gelben gegen die Grünen dran.
Es stand schon vier zu null für die Grünen.
Lola hatte den Ball noch kein einziges Mal berührt!
In der Halbzeitpause beschwerte sie sich bei Justus:
„Hallooo!“, sie zupfte Justus wild am Ärmel.
„Wie wäre es, wenn ich auch mal den Ball kriege?!“

Beim Anpfiff zur zweiten Halbzeit war Lola wütend.
Sie jagte dem Kapitän der Grünen den Ball ab
und stürmte auf das Tor der Gegner zu.
Kurz zielen, ausholen und voll auf den Ball.
„Tor!“, rief Lola. „Nur noch vier zu eins!“
„Nein! Vier zu zwei!“, sagte Justus.
„Nicht schlecht ... für ein Mädchen.“
„Pfff.“ Lola rümpfte die Nase.

Bevor die anderen begriffen, was passierte, hatte Lola drei weitere Tore geschossen. In der letzten Minute spielte sie Lennart den Ball zu. Lennart schoss das Tor. Dann kam der Abpfiff. Gewonnen! Lola jubelte und lief vom Platz.

„Neun zu vier für die Gelben!“, verkündete Herr Wiedemeyer. Doch da schnappte sich Lola den Filzstift und schrieb 5:4 in die Tabelle. Dann stieg sie auf die Sprudelkiste. „Hört mal zu, Leute. Es gibt eine neue Spielregel: Lola-Tore zählen nur einfach!“ Alle Mädchen fingen an zu klatschen. Dann klatschten auch Justus und der Rest der gelben Mannschaft.

nach Cornelia Franz

1. Lies den Text in Abschnitten. Worum geht es?
2. Beantworte die Fragen:
   - Was fällt Lola beim Fußballspiel auf? (Seite 72)
   - Welche neue Spielregel gibt Lola bekannt? (Seite 74)
3. Mädchen und Fußball: Was weißt du über das Thema? Welche Erfahrungen hast du damit gemacht?
4. Mädchentore zählen bei Herrn Wiedemeyer doppelt. Was denkst du darüber? Tauscht euch aus.

Lesetraining

Mädchentore zählen doppelt

LOLALIEBTFUSSBALL.SIEFREUTSICH AUFDASTURNIER.HERRWIEDEMEYER SAGTDENKTDARANMÄDCHENTORE ZÄHLENDOPPELT.ESGEHTLOS.ALLE RENNENAUFIHREPLÄTZE.DIEGELBE UNDDIEGRÜNEMANNSCHAFTSTEHEN ERSTMALALSZUSCHAUERAMRAND. LOLAVERSTEHTDIEREGELSCHNELL.

1. Welche Wörter im Text kannst du sofort erkennen?
2. Lies den Text – allein oder mit einem Partner.
   Mache nach jedem Satz eine Pause.

Turnier	verstehen	Platz	Tiere
Tore	Mädchen	doppelt	Zahl
Regel	Freude	schnell	schauen

3. Lies die Wörter in den gelben Kästen.
   Welche Wörter stehen genau so im Text oben?

COOLMAN und ich

So fängt alles an

Kai wird in ein Feriencamp für Jungen geschickt. Dort geht es streng zu. Die Mädchen im Camp gegenüber haben es besser. COOLMAN, den nur Kai sehen kann, schlägt vor, sich dort in Mädchenkleidern einzuschleichen. Mit seiner ehemaligen Freundin Lena erlebt Kai so einiges …

Stellt euch eine Höhle vor mit ganz vielen Gängen. Die Gänge führen alle tief unter die Erde. So tief, dass es immer kälter wird. Habt ihr das? Prima.

Stellt euch jetzt eine kleine Grotte am Ende eines Ganges vor. Sie wird von einer Taschenlampe erleuchtet. Tropfsteine hängen überall von der Decke. In dem bisschen Licht sehen sie bedrohlich aus. Darunter hat sich ein kleiner See gebildet. Blasen mit giftigen Gasen steigen an die Oberfläche. Jetzt könnt ihr euch vorstellen, wie es mir geht.

Mein Name ist Kai. Ich hocke in einem Kleid am Ufer eines unterirdischen Sees. Die Batterien der Taschenlampe werden immer schwächer. Neben mir hockt Lena, meine Ex. Sie hat die Beine an ihre Brust gezogen. Sie weint, weil sie nicht glaubt, dass wir hier wieder herausfinden. Ich glaube das auch nicht.

Mein Trostexperte hört auf den Namen COOLMAN. Er hält sich für den Klügsten und den Allerbesten. COOLMAN begleitet mich, seit ich vier bin. Nur ich kann ihn sehen.

So! Jetzt ist es passiert: Die Batterien der Taschenlampe haben ihren Geist aufgegeben. Wir sitzen in völliger Finsternis. Lena greift im Dunkeln nach meiner Hand und hält sie fest. Das fühlt sich ziemlich gut an. „Keine Sorge, die holen uns hier raus“, sage ich. „Wie denn? Es weiß doch niemand, dass wir hier sind“, antwortet sie. „Und das ist deine Schuld.“ „Ist es nicht“, verteidige ich mich. „Wessen denn sonst?“ „COOLMANs, natürlich!“ „COOLMAN? Wer soll das denn bitte schön sein?“, fragt Lena.

Weil ich in einer aussichtslosen Lage bin, kann ich ihr und euch ruhig alles erzählen: von COOLMAN und wie wir uns in diese Höhle verirrt haben. Also haltet euch fest! Wir schmeißen die Zeitmaschine an.

nach Rüdiger Bertram/Heribert Schulmeyer

1. **Vor dem Lesen:** Worum könnte es im Text gehen? Lies die Überschrift. Schau dir auch die Bilder an.
2. **Nach dem Lesen:** Hat dir der Text gefallen? Was hast du aus dem Text Neues erfahren?
3. Was ist an der Geschichte besonders? Informiere dich im Fachwörter-Lexikon. ⇢ Seite 220

Lesetipp 4 und 5 ⇢ S. 199, 200 Fachwörter-Lexikon ⇢ Comic, S. 220

Mach mit!

Eine Geschichte weiterschreiben

Kai erzählt:
„So! Jetzt ist es passiert. Die Batterien der Taschenlampe haben ihren Geist aufgegeben. Ich sitze mit Lena im Dunkeln. Nun kann uns nur noch COOLMAN, mein unsichtbarer Freund, aus der Höhle helfen.“ …

So könnte die Geschichte weitergehen:

A Lena und Kai finden dank COOLMAN aus der Höhle.

B Kai erzählt Lena von COOLMAN. Sie glaubt ihm nicht.

C Kai und Lena rufen um Hilfe und werden entdeckt.

1. Schreibe den Anfang der Geschichte ab – von Hand oder mit dem Computer.
2. Wie könnte die Geschichte weitergehen?
   Tipp: Die Ideen oben helfen dir.
   Du kannst dir auch ein eigenes Ende ausdenken.
3. Willst du wissen, wie es mit Kai und Lena weitergeht? Lies das Buch „COOLMAN und ich. Auf die harte Tour“.

• Ein Zukunftstag für Mädchen und Jungen

Ben: Hallo Eva! Was gibt es Neues in der Schule?

Eva: Nächste Woche ist bei uns Girls'Day. Mädchen besuchen Handwerker, Techniker und Ingenieure bei der Arbeit. Damit sie vielleicht einmal einen dieser Berufe erlernen.

Ben: Gibt es einen solchen Tag auch für Jungen?

Eva: Ja, es gibt inzwischen auch den Boys'Day. Da lernen Jungen „typische Frauenberufe“ kennen wie Altenpflegerin, Krankenpflegerin und Erzieherin im Kindergarten.

Ben: Wie spannend! Bringt dieser Tag etwas?

Eva: Ja. Seitdem es den Girls'Day gibt, arbeiten mehr Frauen in technischen Berufen.

1. Wie sicher kannst du den Text lesen? ☺ 😐 ☹
2. Welche Wörter möchtest du noch üben?
3. Worum geht es im Text? Erzähle.
4. Schaffst du es auch, Lesestufe 2 zu lesen?

•• Ein Zukunftstag für Mädchen und Jungen

Ben: Hallo Eva! Was gibt es Neues in der Schule?

Eva: Nächste Woche findet bei uns der Girls'Day statt. An diesem Tag bekommen Mädchen Gelegenheit, Handwerkern, Technikern und Ingenieuren bei der Arbeit zuzusehen und Fragen zum Beruf zu stellen. Mit diesem Aktionstag sollen Mädchen motiviert werden, einen „Männerberuf“ zu erlernen.

Ben: Toll! Könntest du auch in Papas Schreinerei gehen? Das wolltest du doch schon immer einmal machen.

Eva: Klar. Ich kann aber auch andere Betriebe erkunden.

Ben: Wird ein solcher Tag auch für Jungen veranstaltet?

Eva: Ja, inzwischen gibt es den Boys'Day. In manchen Gegenden heißt der Tag auch „Zukunftstag für Mädchen und Jungen“. Jungen lernen dort „typische Frauenberufe“ wie Altenpflegerin, Krankenpflegerin und Erzieherin im Kindergarten kennen.

Ben: Das hört sich spannend an. Ist der Girls'- und Boys'Day erfolgreich?

Eva: Ja, ganz bestimmt. Seit es den Girls'Day gibt, arbeiten tatsächlich mehr Frauen in Berufen, die früher als reine „Männerberufe“ galten.

1. Du kannst die Texte auch mit einem Partner üben. Wähle mit ihm gemeinsam einen Dialog aus.
2. Stellt euch Fragen zum Text: Wer, Was, Wo, Warum, Wie …?

Die Schwabenkinder

Arme Kinder müssen arbeiten

Mit einer Anzeige in der Zeitung wurde die Ankunft von Kindern aus Tirol bekannt gegeben. Seit rund 300 Jahren kamen jedes Jahr 6- bis 14-jährige Jungen und Mädchen in die Gegend um den Bodensee und das Allgäu. Sie arbeiteten dort von März bis Oktober als Hütejunge, als Magd oder als Knecht.

20 Pfennig
Nummer 5
Der Landarbeiter
Zeitung
Jahrgang 1913
Eine Zeitung für die Landbevölkerung

Hütekinder zum Verkauf

Wie jedes Frühjahr, so kommen auch heuer am 28. März die Tiroler Hütekinder in Friedrichshafen durch den „Hütekinderverein" zum ‚Verkauf'.

Es waren Kinder von armen Bergbauern. In ihrer Not schickten viele Eltern ihre Kinder in die Fremde. Dort konnten sie ein wenig Geld verdienen.

Ein anstrengender Weg zu Fuß

Bis zu sechstausend Kinder im Jahr machten sich auf den Weg. Oft waren die Pässe im März noch verschneit. Die Nässe und Kälte stellten die Kinder auf eine harte Probe. Immer ein Erwachsener begleitete eine Gruppe von 20 Kindern.

Die Kinder mussten jeden Tag ihr Essen erarbeiten oder erbetteln. Der Begleiter sorgte unterwegs für die Übernachtung in Heuschuppen, Scheunen oder Gasthäusern.

Der Lohn für die Kinder

Auf dem „Kindermarkt“ verhandelte der Begleiter den Lohn für die Monate mit den Bauernfamilien. Ende Oktober wurde der Lohn ausgezahlt:

- 10 bis 20 Gulden,
- neue Kleidung
- und neue Schuhe.

Mit 1 Gulden konnte eine Familie ihr ärmliches Leben damals für einen Tag bestreiten.

1. Warum zogen Kinder armer Bergbauern im Sommer Richtung Bodensee und Allgäu?
2. Wie erging es den Kindern auf dem Weg zu Fuß? Schau dir auch die Bilder an.
3. Was erfährst du über den Lohn der Kinder? In welchen Zeilen kannst du das nachlesen?
4. Was weißt du über das Leben der „Schwabenkinder“? Informiere dich im Internet.

Der Hütejunge Alois

Alois war ein kräftiger Junge. Ein Gastwirt aus Friedrichshafen hatte ihn wieder ausgewählt. Er kannte Alois schon vom letzten Sommer. Als Lohn vereinbarte er mit ihm 16 Gulden und neue Kleidung.

Am Tag hütete Alois die Kühe auf der Weide. Abends half er dem Knecht bei der Arbeit im Stall. Sonntags arbeitete er als Kegeljunge an der Kegelbahn. Zur Belohnung bekam er von den Spielern etwas Geld, das er in seiner Spardose sammelte. Im Gasthaus konnte er sich jeden Tag richtig satt essen und nachts in einem richtigen Bett schlafen. Die anderen Jungen beneideten ihn darum.

„Hast du's gut!“, rief Johann, ein schmaler Junge. „Beim Meier-Bauer gibt's immer nur Haferschleimsupp'. Ich schlaf' überm Kuhstall im Heu. Saubere Kleidung hab' ich nicht. Das kleine Stück Seife muss bis zum Herbst reichen.“ Alois kannte den Meier-Bauer aus seinem ersten Sommer. Der kleine Johann tat ihm leid: „Ich weiß, der Meier ist geizig und nörgelt an allem herum. Komm mit. Wir stellen die Kegel auf. Dafür gibt es etwas Geld.“

Johann zögerte, aber Alois zog ihn am Ärmel mit. Als sie in die Hauptstraße einbogen, hörten sie schon das Knallen der Kugeln und das Rumpeln der Kegel. Alois fluchte: „Himmel, Herr …! Heute wird's nichts mit dem Aufstellen!“

Johann erschrak und fing an zu weinen. Auch der Meier-Bauer fluchte immer so. „Was ist los? Warum heulst du?“, fragte Alois. Mit Mühe presste Johann die Worte heraus: „Ich will nicht mehr zum Meier, ich … ich hab Heimweh.“ Alois tröstete Johann: „Der Meier ist, wie er ist. Da musst du jetzt durch. Nächstes Jahr gehst du nicht mehr zu ihm.“ Johann nickte. Dann lief er schnell zum Hof. Die Arbeit im Stall wartete auf ihn.

1. Warum wird Alois von den anderen Jungen beneidet?
2. Was erfährst du über Johann? Schreibe Stichwörter.
3. Willst du mehr über das Leben der Schwabenkinder erfahren? Dann lies das Buch „Das verkaufte Glück“ von Manfred Mai.

Stichwörter schreiben (Lesetipp 3) ⇢ S. 198

Maria an der Straße

Maria stand an der großen Kreuzung. Bei Rot lief sie zu den Autofahrern und bot ihnen ihre Erdnüsse an. Mutter kaufte jede Woche fünf Kilo Erdnüsse. Sie röstete sie und packte sie in kleine Tüten ab.

Maria war acht Jahre alt. Ihr Vater lebte nicht mehr. Ihre Mutter war krank. Deshalb konnte sie nicht mehr arbeiten. So war Maria die einzige Hilfe für ihre Mutter. Maria freute sich, wenn sie alle Nüsse verkauft hatte. Dann lobte Mutter sie.

Manchmal beobachtete Maria die Menschen in den Autos. Einmal öffnete ein kleines Mädchen bei Rot das Fenster. „Papa, kaufst du mir Nüsse?“, fragte das Mädchen. Der Mann kaufte fünf Päckchen. Maria traf das Mädchen und ihren Vater nie wieder.

Ganz anders war es mit dem Mann, der ihr jeden Tag zwei Tüten abkaufte. Er sagte immer etwas Nettes zu Maria. Dass sie niedlich wäre und in einem hübschen Kleid würde sie die Schönste sein. Maria mochte es nicht, wenn er ihren Arm streichelte. Heute sagte er: „Ich kauf dir etwas Schönes zum Anziehen.“ Maria hatte Angst bekommen. Endlich war er weggefahren.

Am Abend ging es Mutter nicht gut. Maria sagte: „Morgen gehen wir zum Krankenhaus.“ „Von welchem Geld sollen wir die Behandlung bezahlen?“, hatte Mutter leise gefragt. Maria antwortete: „Nächste Woche kaufen wir weniger Nüsse. Das gesparte Geld soll dich wieder gesund machen.“

nach Nasrin Siege

1. Übe den Text, bis du ihn ohne Fehler vorliest. Du kannst auch mit einem Partner üben.
2. Worum geht es im Text? Schreibe Stichwörter.
3. Beantworte die Fragen:
   - Warum verkauft Maria Erdnüsse?
   - Warum mag Maria den „netten“ Mann nicht?
   - Wie will Maria das Krankenhaus bezahlen?

Till Eulenspiegel als Bäckergeselle

Till Eulenspiegel wanderte als Handwerksgeselle durchs Land.
Unterwegs traf er auf einen Bäcker, der einen Gesellen suchte.
Till sagte: „Ich bin ein Bäckergeselle."
Der Bäcker fragte: „Willst du bei mir arbeiten?"
„Ja", sagte Till.

Als er zwei Tage in der Bäckerei gewesen war,
sollte Till am dritten Abend ganz allein backen.
Till fragte: „Ja, was soll ich denn backen?"
Der Bäckermeister sagte:
„Du willst ein Bäckergeselle sein
und weißt das nicht?
Eulen und Meerkatzen* natürlich!"
Und damit ging er schlafen.

Till Eulenspiegel machte sich an die Arbeit.
Er formte aus dem Teig lauter Eulen und
Meerkatzen und schob sie in den Ofen.
Am Morgen kam der Bäcker
in die Backstube und riss die Augen auf:
„Was hast du da gebacken?"
„Eulen und Meerkatzen", sagte Till,
„genau wie Sie gesagt haben."
Voller Wut schrie der Meister:
„Dieses Zeug kann ich
nicht verkaufen!
Den Teig bezahlst du mir!
Und dann hau ab!"

S. 88

*Meerkatzen: afrikanische Affenart

Till Eulenspiegel bezahlte den Teig und ging. In einem großen Korb nahm er alle Eulen und Meerkatzen mit. Es war gerade Sankt-Nikolaus-Tag. Till stellte sich mit seiner Ware vor die Kirche. Alle Kinder kauften sein Gebäck. Er verdiente viel mehr Geld, als er für den Teig bezahlt hatte. Das ärgerte den Bäcker sehr. Er sagte zornig: „Der Bursche soll mir noch das Brennholz bezahlen!“ Aber Till Eulenspiegel war schon weg.

Schon gewusst?
Auch in anderen Ländern gibt es Spaßmacher wie Till Eulenspiegel, zum Beispiel Nasreddin Hodscha. In der Türkei ist er sehr bekannt.

1. Übe mit einem Partner, den Text vorzulesen.
2. Wie haben euch die Vorträge gefallen? ⇢ Seite 212
3. Warum ärgert sich der Bäcker am Schluss?
4. Der Text ist ein Schwank. Woran erkennst du das? Informiere dich im Fachwörter-Lexikon. ⇢ Seite 222
5. Denke dir wie Till Eulenspiegel einen Streich aus. Male oder schreibe.

Rezept: Einfaches Brot

Zutaten:

- 500 Gramm Mehl
- 1 Esslöffel Zucker
- 1 Teelöffel Salz
- Butter zum Einfetten
- 350 Milliliter Wasser
- 2 Esslöffel Öl
- 1 Packung Trockenhefe

So geht es:

1. Verknete alle Zutaten miteinander. Lass dann den Teig auf doppelte Größe gehen.
2. Knete den Teig noch einmal gründlich.
3. Fette die Kastenform mit Butter ein. Nun kannst du den Teig in die Form geben.
4. Lass den Teig noch einmal 20 Minuten gehen.
5. Bestreiche die Teigoberseite mit Wasser.
6. Backe das Brot 45 Minuten bei 220 Grad (Ober-/Unterhitze) im vorgeheizten Ofen.

Schon gewusst?

Brot gibt es auf der ganzen Welt:

- Baguette in Frankreich
- Knäckebrot in Schweden
- Toastbrot in England
- Ciabatta in Italien
- Tortillas in Mexiko
- Naan in Indien

Fachwörter-Lexikon → Rezept, S. 222

Rezept: Naan (Fladenbrot)

Zutaten:
- 250 Gramm Mehl
- 1/2 Teelöffel Salz
- 1 Teelöffel Zucker
- 1/4 Teelöffel Backpulver
- Butter zum Bestreichen
- 1 Teelöffel Trockenhefe
- 120 Gramm Naturjoghurt
- 100 Milliliter warme Milch
- 1 Teelöffel Öl

So geht es:

1. Mische das Mehl mit dem Salz, Zucker, Backpulver und der Hefe. Füge dann den Joghurt hinzu.
2. Verknete alle Zutaten miteinander. Gib dabei nach und nach die warme Milch dazu. Der Teig sollte glatt sein und nicht mehr kleben.
3. Decke den Teig zu und lass ihn eine Stunde gehen. Knete ihn dann noch einmal mit eingeölten Händen durch.
4. Teile den Teig in 6 Stücke. Drücke die Stücke mit etwas Mehl zu Fladen platt.
5. Lass die Böden der Fladen in einer Pfanne ohne Öl braun werden. Dabei sollte dir jemand helfen.
6. Backe die Fladen bei 200 Grad Umluft 2 bis 5 Minuten im Backofen.
7. Schmelze in einem Topf etwas Butter. Verteile sie zum Schluss auf den fertigen Naan-Fladen.

Fachwörter-Lexikon → Rezept, S. 222
S. 89

• Brot ist nicht gleich Brot

Ein traditioneller Bäcker muss früh aufstehen, um Brot zu backen. Aus dem Teig formt er Brote. Brote, die noch nicht gebacken sind, nennt man Teiglinge. Um 4 Uhr können diese in den Ofen. Um 6 Uhr erhalten die ersten Kunden die noch warmen Brote.

Moderne Bäckereien bekommen Teiglinge geliefert und backen sie dann im Ofen auf. Auch im Supermarkt gibt es warmes Brot am Automaten. Diese Teiglinge werden in großen Fabriken hergestellt und tiefgefroren angeliefert.

Viele Leute möchten aber lieber Brot ohne künstliche Zutaten. Da es immer weniger traditionelle Bäckereien gibt, backen sie es zu Hause oft selbst.

1. Wie sicher kannst du den Text lesen? ☺ 😐 ☹
2. Welche Wörter möchtest du noch üben?
3. Worum geht es im Text? Erzähle.
4. Schaffst du es auch, Lesestufe 2 zu lesen?

•• Brot ist nicht gleich Brot

Um 1 Uhr beginnt ein traditioneller Bäcker mit der Herstellung des Teigs. Anschließend formt er Teiglinge. So werden die geformten, aber noch nicht gebackenen Stücke Teig genannt. Um 4 Uhr können die Teiglinge in den Ofen. Bereits um 6 Uhr bekommen die ersten Kunden die noch warmen Brote.

Moderne Bäckereien stellen selbst keinen Teig mehr her. Das macht eine zentrale Großbäckerei, die den Bäckereien fertige Teiglinge liefert. Den ganzen Tag über kommen immer wieder Bleche mit Backwaren in den Ofen. Auch im Supermarkt gibt es warmes Brot am Automaten. Diese Teiglinge werden in einer Fabrik hergestellt und tiefgefroren angeliefert. Solche Brote sind viel billiger als die von einer traditionellen Bäckerei.

Viele Leute möchten lieber Brot ohne künstliche Zutaten. Da es jedoch immer weniger traditionelle Bäckereien gibt, backen sie es zu Hause oft selbst.

1. Du kannst die Texte auch mit einem Partner üben. Wähle mit ihm gemeinsam einen Sachtext aus.
2. Stellt euch nach jedem Abschnitt Fragen zum Text: Wer, Was, Wo, Warum, Wie …?

Marco Polo

Marco Polo

- ein reicher Händler aus Venedig
- geboren 1254, gestorben 1324
- bekannt durch seinen Reisebericht

Beginn der Reise

Im Jahr 1271 war Marco Polo 17 Jahre alt. Da nahm ihn sein Vater Niccolo auf eine Reise nach China mit. Sie reisten von **Venedig** über **Akko** und weiter nach **Hormus**.

Über die Seidenstraße nach China

Von Hormus aus wollten Vater und Sohn auf dem Seeweg nach China reisen. Sie fanden aber kein brauchbares Schiff. So beschloss Marcos Vater, auf dem Landweg weiterzureisen. Im Jahr 1273 erreichten sie die Ruinen der Stadt **Balch**. Von dort ging die Reise über die Seidenstraße weiter, entlang der Sandwüste **Taklamakan**.

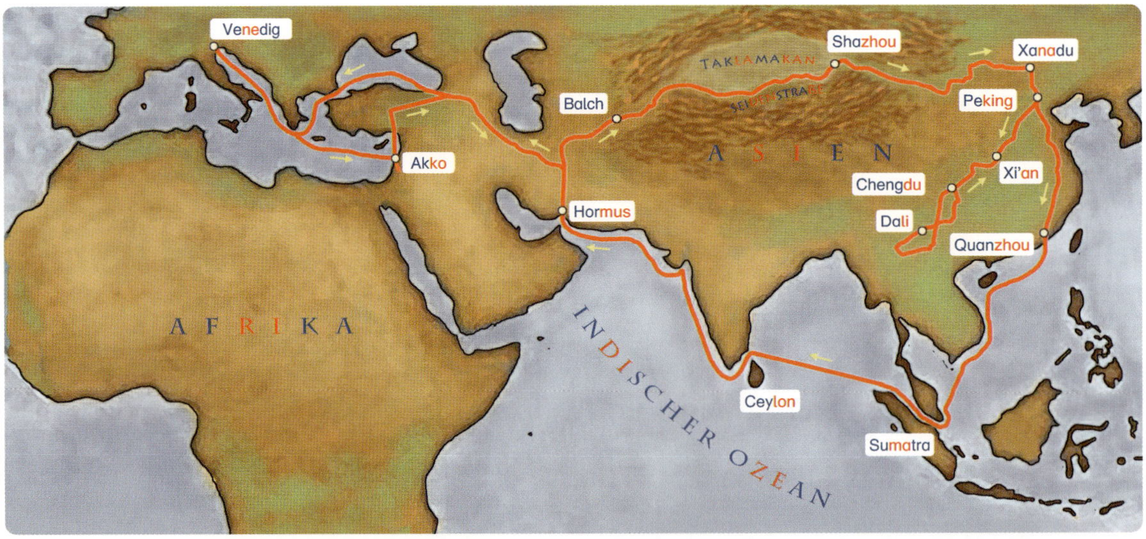

S. 94/95

In China

In **Shazhou** sah Marco Polo zum ersten Mal viele Chinesen. Marco und sein Vater waren vier Jahre unterwegs – dann endlich erreichten sie 1275 ihr Reiseziel **Xanadu**. Dort trafen sie den großen Herrscher Kublai Khan. Er machte Marco Polo zu seinem persönlichen Vertreter. So lernte Marco Polo das riesige Mongolenreich kennen.

Die Rückkehr nach Venedig

Die Heimreise begann im Hafen von **Quanzhou** – einer Stadt, die für den Handel der gesamten Region wichtig war. Von dort ging es weiter nach **Sumatra** und **Ceylon** (Sri Lanka). Nach weiteren Monaten landete das Schiff wieder in **Hormus**. Im Jahr 1295 erreichten Marco Polo und sein Vater schließlich ihre Heimat Venedig. Dort schrieb Marco seinen Reisebericht, der ihn in ganz Europa berühmt machte.

1. Lies den Text. Was verstehst du nicht?
   Frage nach oder informiere dich im Lexikon oder Internet.
2. Worum geht es im Text?
   Schreibe zu jedem Abschnitt einen Satz.
3. Wer war Marco Polo? Wodurch wurde er bekannt?
4. Durch welche Orte reisten Marco und Niccolo Polo?
   Tipp: Die Karte auf Seite 94 hilft dir.
5. Marco Polo war viele Jahre auf der Reise.
   Was könnte er den Leuten am Ende erzählt haben?
   Sammelt Ideen und spielt das Gespräch.

Kolumbus segelt nach Westen

Kolumbus entdeckt Amerika

1492 entdeckte Christoph Kolumbus Amerika – ohne es zu wissen. Eigentlich wollte Kolumbus den Seeweg von Spanien nach Indien erforschen. Diese Route war nach seinen Berechnungen kürzer als jene um die Südspitze von Afrika herum.

Damals waren erst drei Kontinente bekannt: Europa, Asien und Afrika. Kolumbus wusste, dass die Erde eine Kugel ist. Er dachte, man könne in Richtung Westen den Ozean überqueren und so in einem Monat Indien erreichen.

Mit dem Schiff in Richtung Westen

Am 3. August 1492 war es dann so weit: Kolumbus segelte im Auftrag des spanischen Königs mit drei Schiffen in Richtung Westen. Nach zwanzig Tagen wurden die Matrosen unruhig. Noch nie waren sie so weit nach Westen gesegelt. Die Stimmung wurde von Tag zu Tag schlechter. Die Matrosen wollten umkehren.

Da sah Kolumbus einen Vogel über das Schiff fliegen – ein sicheres Zeichen für Land. Er konnte die Mannschaft beruhigen und die Fahrt nach Westen fortsetzen.

Doch selbst Kolumbus wurde mit der Zeit unruhig. Die Seereise hätte nur einen Monat dauern sollen – nun waren sie aber schon sieben Wochen auf See. Umkehren war nicht mehr möglich. Die Vorräte an Essen und Wasser hätten nicht ausgereicht. Schließlich machten treibende Äste im Meer den Männern Hoffnung, bald festes Land zu erreichen.

Land in Sicht!

Am 12. Oktober 1492 war Land in Sicht. Die drei Schiffe erreichten nach mehr als zwei Monaten eine kleine Insel der Bahamas und legten an. Zum Dank für das glückliche Ende der Seefahrt nannte Kolumbus die Insel „San Salvador“ (spanisch: „Heiliger Retter“). Die Flotte segelte weiter und entdeckte mehrere Inseln. Kolumbus nannte sie „Westindische Inseln“, weil er glaubte, auf dem Seeweg nach Westen Indien erreicht zu haben. Die Einwohner der Inseln nannte er irrtümlich „Indianer“.

Rückkehr nach Spanien

Kolumbus wurde nach seiner Rückkehr in Spanien als „Vizekönig von Indien“ zunächst hoch geehrt. Bald machte man ihn aber für die blutigen Kämpfe zwischen den Eroberern und den Inselbewohnern verantwortlich. Für sie hatte die Entdeckung der Inseln schlimme Folgen: Europäische Eroberer raubten das Gold und töteten viele Ureinwohner oder machten sie zu Sklaven.

Amerigo Vespucci – Entdecker der „Neuen Welt“

1507, ein Jahr nach dem Tod von Kolumbus, erhielt die „Neue Welt“ den Namen „Amerika“ – benannt nach dem Entdecker Amerigo Vespucci. Er hatte als Erster erkannt, dass Amerika nicht Indien, sondern ein neuer Kontinent war.

1. **Vor dem Lesen:** Lies die Überschrift.
   Was weißt du schon über Christoph Kolumbus?
2. **Nach dem Lesen:** Wie gefällt dir der Text?
   Was hast du Neues erfahren?
3. Beantworte die Fragen – allein oder mit einem Partner:
   - Warum segelt Kolumbus nach Westen?
   - Wie nennt Kolumbus die Einwohner auf den Inseln?
   - Welche Folgen hatte die „Entdeckung“ durch Kolumbus für die Inselbewohner?
4. Gestalte ein Plakat zu Christoph Kolumbus.

Lesetipp 6 ⇢ S. 201 Stichwörter schreiben (Lesetipp 3) ⇢ S. 198 Mit Texten kreativ umgehen ⇢ S. 210

Einen Artikel im Lexikon lesen

S Seefahrer Vasco da Gama

Neben Marco Polo und Christoph Kolumbus gab es noch andere Seefahrer, zum Beispiel Vasco da Gama aus Portugal. Er entdeckte den Seeweg nach Indien.

Sein Schiff war das erste aus Europa, das um Afrika herum Indien erreichte. Fast ein Jahr war Vasco da Gama mit seiner Flotte unterwegs. Im Jahr 1498 erreichte er endlich Indien. Von dort brachte er Gewürze nach Hause mit, die damals sehr kostbar waren: Zimt, Ingwer und Pfeffer. Vasco da Gama wurde mit einem großen Fest empfangen. Es folgten weitere Fahrten. Vasco da Gama verhandelte mit indischen Kaufleuten und vereinbarte sichere Wege. Die Stadt Lissabon in Portugal wurde Zentrum für den Handel mit Gewürzen und damit die größte Hafenstadt in Europa. Der König von Portugal verlieh da Gama den Titel „Herzog“. Das war damals eine große Ehre.

1. Lies den Text – allein oder mit einem Partner.
2. Beantworte die Fragen:
   - Was entdeckte Vasco da Gama?
   - Welche Gewürze brachte er von seiner Reise mit?
   - Wer ernannte Vasco da Gama zum „Herzog“?

Galileo Galilei erforscht die Sterne

Steckbrief

Name:	Galileo Galilei
geboren:	1564 in Pisa
gestorben:	1642 in Florenz
Wohnorte:	Pisa, Florenz, Padua
Beruf:	Mathematiker, Astronom
Familie:	verheiratet, drei Kinder
erfunden:	Fernrohr
entdeckt:	Jupitermonde, Saturnringe

Galilei als Student in Pisa und Florenz

Galileo Galilei war ein begabter Junge. Sein Vater entschied, dass er Arzt werden sollte. Mit 15 Jahren studierte er Medizin an der Universität Pisa. Viel spannender fand er aber Mathematik und Physik.

Nach wenigen Jahren brach er das Medizinstudium ab und zog nach Florenz. Dort studierte er seine beiden Lieblingsfächer: Mathematik und Physik.

Fachwörter-Lexikon → Steckbrief, S. 222

Das Experiment am Schiefen Turm

Im Alter von 25 Jahren kam Galilei zurück nach Pisa. Er wurde Lehrer für Mathematik an der Universität. Man glaubte damals, dass schwere Gegenstände schneller zur Erde fallen als leichte. Galileis Experimente kamen zu einem anderen Ergebnis:

Er ließ die Studenten und Kollegen zum Schiefen Turm von Pisa kommen. Während sie unten warteten, ließ Galilei drei Kugeln gleichzeitig hinunterfallen. Die Kugeln waren gleich groß, hatten aber unterschiedliche Gewichte:

- die leichteste war aus Holz, 
- die mittelschwere aus Kupfer 
- und die schwerste aus Gold. 

Die Zuschauer waren erstaunt: Die Kugeln schlugen gleichzeitig am Boden auf. Das konnte doch gar nicht sein! Die Professoren und Studenten hielten den Versuch für einen Trick. Von nun an sahen sie Galilei als Feind. Bald verließ Galilei Pisa und wurde Professor in Padua.

Das verbesserte Fernrohr

Von Freunden in Venedig erfuhr Galilei eine Neuigkeit: Glasschleifer aus Holland hatten ein Fernrohr gebaut und es in Venedig zum Kauf angeboten. Galilei ging sofort ans Werk. Er machte mit verschiedenen Linsen Experimente und baute 1609 sein erstes eigenes Fernrohr. Die Kapitäne der Kriegsschiffe zeigten großes Interesse. Mit dem Fernrohr konnte man weit entfernte Schiffe auf dem Meer erkennen – ein Vorteil bei Angriffen. Galilei verdiente gut mit dem Verkauf seiner Fernrohre. Er testete neue Linsen und baute immer bessere Geräte. Jetzt konnte er auf dem Mond tiefe Krater und hohe Berge erkennen.

Die Entdeckung der Jupitermonde

1610 machte Galilei seine wichtigste Beobachtung: Er entdeckte die vier Monde des Jupiters. Galilei zu Ehren werden sie auch die „Galileischen Monde“ genannt. Damit wurde er ein berühmter Astronom.

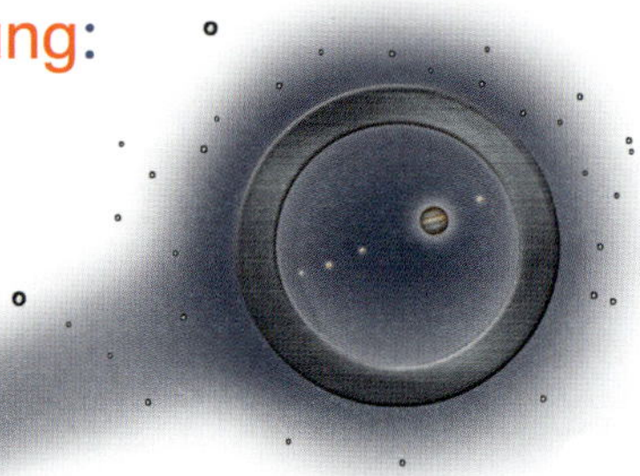

Der Prozess in Rom

Galilei stieg plötzlich zu Ehre und Reichtum auf. Das weckte den Neid seiner alten Gegner aus Pisa. Sie beschuldigten Galilei vor dem Kirchengericht in Rom: „Er behauptet, dass sich die Erde um die Sonne dreht.“ Die Kirche aber sagte: „Die Erde steht im Mittelpunkt. Die Sonne umkreist die Erde. So steht es in der Bibel.“

Das Gericht in Rom wollte Galilei zum Tode verurteilen. Als er aber vor allen erklärte, seine Behauptungen seien falsch, erhielt er Gnade. Alle Bücher Galileis wurden verbrannt. Seine letzten Jahre lebte Galilei in seinem Landhaus bei Florenz. Dort findet man heute sein Grab in der Kirche Santa Croce.

1. Sprecht in einer Lesekonferenz über den Text. ⇢ Seite 207
2. Welcher Lesetipp hilft dir, den Text zu verstehen?
3. Worum geht es im Text? Schreibe Stichwörter.
   Tipp: Nutze die Stichwörter auch für einen Vortrag.
4. Wie haben euch die Vorträge gefallen? ⇢ Seite 212
   Was war gut? Was könnte man besser machen?

Lesetraining

Galileo Galilei erforscht die Sterne

Die Sonne und ihre Planeten

So kannst du dir die Namen
und den Abstand der Planeten
zur Sonne merken:

Mein Vater erklärt mir jeden Sonntag unseren Nachthimmel.

Merkur, Venus, Erde, Mars, Jupiter, Saturn, Uranus, Neptun

1. Hier fehlt etwas. Kannst du den Text trotzdem lesen?
   Achte auf die Buchstaben, die unterstrichen sind.

Astronom	Himmelskörper	Fernrohr	Jupiter

A Damit kann man Dinge in der Ferne vergrößert sehen.

B So werden Planeten, Kometen und Sterne genannt.

C Der größte Planet im Sonnensystem

D Wissenschaftler, der Sterne und Planeten erforscht

2. Finde zu jedem Wort die passende Erklärung.
   Tipp: Du kannst dich auch in einem Lexikon informieren.

S. 108 Fachwörter-Lexikon → Lexikon, S. 221 Lerntagebuch → S. 205

Mach mit!

Ein Fernrohr basteln

Das brauchst du:

- eine Küchenrolle
- eine Klopapierrolle
- farbiges Papier
- Schere
- Kleber

So geht's:

1. Beklebe die Küchenrolle mit einem farbigen Papier.
2. Schneide dünne Streifen aus anderen Farben aus.
   Klebe sie um die Rolle.
3. Schneide die Klopapierrolle an der längeren Seite auf.
   Male sie an oder beklebe sie.
4. Klebe die aufgeschnittene Rolle wieder zusammen –
   aber enger, damit sie in die Küchenrolle passt.
5. Jetzt ist dein Fernrohr fertig.
   Du kannst es auch ausziehen und somit verlängern.

1. Bastelt gemeinsam ein Fernrohr.
2. Hast du die Anleitung verstanden? Sprich darüber.
3. Plant in der Klasse einen Besuch der Sternwarte.

S. 108

Maria Sibylla Merian

Steckbrief

Name: Maria Sibylla Merian
geboren: 2. April 1647, Frankfurt am Main
gestorben: 13. Januar 1717, Amsterdam
Wohnorte: Frankfurt, Nürnberg, Amsterdam, Surinam (Südamerika)
Familie: verheiratet, zwei Kinder
Werke: Zeichnungen, Bilder, Bücher

Maria – Naturforscherin und Künstlerin

Maria Merian interessiert sich schon mit 13 Jahren für Schmetterlinge. Sie malt sie auf so natürliche Weise, dass man sie genau unterscheiden kann.

Ein Freund schenkt Maria Seidenraupen. Sie beobachtet, wie die Seidenraupe sich verpuppt und wie aus dem Kokon schließlich ein Falter schlüpft. Maria sammelt in Gärten und auf Wiesen verschiedene Raupen. Auf dem Dachboden baut sie Nester für die Raupen und füttert sie.

Maria findet viel über Insekten heraus. 1679 erscheint ihr erstes Buch mit fünfzig kunstvollen Bildern von Raupen und Schmetterlingen.

S. 102 / 103
Fachwörter-Lexikon → Steckbrief, S. 222

Auf Entdeckungsreise nach Surinam

Mit 52 Jahren packt Maria die Abenteuerlust. 1699 macht sie mit ihrer Tochter Dorothea Maria eine Schiffsreise nach Südamerika. Sie erträgt die anstrengende Schifffahrt sowie die Hitze und Schwüle im Regenwald.

In Surinam, einem Land nördlich von Brasilien, erforscht sie die Welt der Insekten und Pflanzen. Die Einwohner halten die beiden Frauen für verrückt und denken, sie wären Hexen. Als Maria an Malaria erkrankt, muss sie nach Amsterdam zurückkehren.

Von ihrer Surinam-Reise bringt Maria viele Tiere mit: Raupen, Insekten, Schlangen, Eidechsen und Frösche. Sie sind in ihrem Buch über die Insekten von Surinam auf Bildtafeln zu sehen.

1. Lies den Text. Was verstehst du nicht? Frage nach oder informiere dich im Lexikon oder Internet.
2. Stellt euch Fragen zum Text: Wer, Was, Wo, Warum, Wie …?
3. Beschreibe einen der Schmetterlinge auf Seite 106/107. Wie sieht er aus? Was macht ihn besonders?

• Der erste Mensch auf dem Mond

Ist der Wettlauf ins All beendet?

Gestern, am 21. Juli 1969, betrat der Astronaut Neil Armstrong als erster Mensch den Mond. 500 Millionen Menschen sahen im Fernsehen dabei zu. Armstrong sagte: „Das ist ein kleiner Schritt für einen Menschen, aber ein riesiger Sprung für die Menschheit!“ Auch Edwin Aldrin war auf dem Mond. Der dritte Astronaut, Michael Collins, drehte Warteschleifen um den Mond.

In den Jahren zuvor gab es einen Wettlauf zwischen den USA und der Sowjetunion: Wer schafft es als Erstes in den Weltraum? 1957 schoss die Sowjetunion einen Satelliten ins All. 1961 flog Juri Gagarin als erster Mensch ins All.

1. Wie sicher kannst du den Text lesen? ☺ 😐 ☹
2. Welche Wörter möchtest du noch üben?
3. Worum geht es im Text? Erzähle.
4. Schaffst du es auch, Lesestufe 2 zu lesen?

•• Der erste Mensch auf dem Mond

Ist der Wettlauf ins All beendet?

Gestern, am 21. Juli 1969, betrat der Astronaut Neil Armstrong als erster Mensch den Mond. 500 Millionen Menschen sahen im Fernsehen dabei zu. Armstrong sagte: „Das ist ein kleiner Schritt für einen Menschen, aber ein riesiger Sprung für die Menschheit!“

Armstrong und sein Kollege Edwin Aldrin sammelten Mondsteine. Die Wissenschaft hofft nun auf neue Erkenntnisse über den Mond. Der dritte Astronaut, Michael Collins, drehte in der Kommandokapsel „Columbia“ Warteschleifen um den Mond.

In den Jahren zuvor gab es einen erbitterten Wettlauf zwischen den USA und der Sowjetunion, wer den Weltraum als Erstes erobern könnte. 1957 schoss die Sowjetunion den Satelliten Sputnik 1 ins All und noch im selben Jahr die Hündin Laika. 1961 folgte als erster Mensch der Sowjet Juri Gagarin.

1. Du kannst die Texte auch mit einem Partner üben. Wähle mit ihm gemeinsam einen Zeitungsartikel aus.
2. Stellt euch nach jedem Abschnitt Fragen zum Text: Wer, Was, Wo, Warum, Wie ...?

Baron von Münchhausen: Das Pferd auf dem Kirchturm

Münchhausen erzählt von seiner Reise:

„Es war Winter, als ich nach Russland aufbrach. Im Winter ist es besser, durch Russland zu reisen, weil viele Flüsse und Seen zugefroren sind. Man reitet einfach der Nase nach, ohne sich Gedanken zu machen, ob man auf dem richtigen Weg ist.

Im Winter ist es in Russland sehr kalt. An jenem Tage ritt ich, bis es dunkel wurde. Nirgendwo war ein Licht zu sehen – nur weite Schneelandschaft um mich herum. Ich war entsetzlich müde, mein Pferd auch. Da entdeckte ich im Schnee eine kleine Vertiefung. Ich band mein Pferd an einen dünnen Pfahl, legte mich hin und schlief erschöpft ein.

Was dann passierte? Ihr werdet es nicht glauben! Am nächsten Morgen wachte ich erholt auf. Aber wo war ich? Erst glaubte ich zu träumen! Ich lag mitten auf einem Friedhof. Weit und breit war kein Schnee mehr zu sehen. Die Kälte war aus meinen Knochen gewichen. Munter sprang ich auf und schaute nach meinem Pferd. Es war weg. Dabei hatte ich es doch neben mir angebunden.

Plötzlich hörte ich ein leises Wiehern hoch über mir. Was war das? Ich schaute nach oben. Da hing mein Pferd an der Kirchturmspitze. Nur langsam begriff ich, was geschehen war. Die Kirche war unter dem Schnee gelegen. Während ich schlief, war der Schnee nach und nach geschmolzen. Sanft war ich zur Erde geglitten. Mein Pferd aber nicht! Der Pfahl, an den ich es gebunden hatte, war die Spitze des Kirchturms.

Was war zu tun? Ich zielte mit meiner Pistole auf den Halfterstrick des Pferdes. Im nächsten Augenblick landete das Tier auf seinen vier Beinen und stand gesund neben mir. Ich schwang mich in den Sattel und setzte meine Reise fort."

1. Übe den Text, bis du ihn ohne Fehler vorliest.
2. Worum geht es im Text? Erzähle.
3. Wo übernachtet Münchhausen mit seinem Pferd?
4. Warum ist der Text eine Lügengeschichte?
5. Ihr könnt euch gemeinsam einen Film über die Abenteuer von Münchhausen ansehen.

Mach mit!

Eine Lügengeschichte erzählen und schreiben

Münchhausen erzählt
von seinen Abenteuern:

1

2

3

Meine erste Reise zum Mond

Abenteuer auf hoher See

Auf dem Rücken eines Kamels

1. Erzähle eine Lügengeschichte zu Bild 1, 2 oder 3.
   Beginne so: *Eines Tages, als ich …*
   Schreibe Stichwörter und nutze sie beim Erzählen.
2. Trage den anderen deine Geschichte vor.
   - Was ist gut?
   - Was könnte man noch besser machen?
3. Schreibe deine Geschichte auf –
   von Hand oder mit dem Computer.
   Schlage schwierige Wörter im Wörterbuch nach.

S. 122 Fachwörter-Lexikon → Lügengeschichte, S. 221 Mit Texten kreativ umgehen → S. 210

Rumpelstilz sucht Freunde

Ach wie dumm, dass niemand weiß,
dass ich Rumpelstilzchen heiß.

Niemand schreibt mir Liebesbriefe,
niemand fragt, ob ich gut schliefe.

Niemand schreibt mir Ansichtskarten,
lädt mich ein in seinen Garten.

Niemand wünscht mir frohe Feste,
niemals kommen zur mir Gäste.

Niemals schrillt das Telefon,
so geht das seit Jahren schon.

Doch so will ich nicht verweilen,
deshalb schreib ich diese Zeilen.

Damit nun ein jeder weiß,
dass ich Rumpelstilzchen heiß.

Gerald Jatzek

1. Übe mit einem Partner, das Gedicht vorzulesen.
   Wechselt euch immer nach zwei Zeilen ab.
2. Lies das Märchen zu diesem Gedicht. (Seite 114 bis 117)
3. Vergleiche nun die beiden Texte:
   Was ist gleich? Was ist anders?

Lesetipp 9 ⇢ S. 204 Fachwörter-Lexikon ⇢ Märchen, S. 221 Lerntagebuch ⇢ S. 205 S. 123

Rumpelstilzchen

E.: Erzähler
T.: Tochter/Königin
Mü.: Müller
Mä.: Männlein
K.: König

Szene 1: Die Müllerstochter beim König

E.: Es war einmal ein armer Müller.
Der hatte eine schöne Tochter.
Der Müller machte sich vor dem König wichtig:

Mü.: Ich habe eine Tochter. Sie kann Stroh zu Gold spinnen.

K.: Das gefällt mir. Bring deine Tochter auf mein Schloss.
Ich will sie auf die Probe stellen.

E.: Als die Müllerstochter zum König kam,
führte er sie in eine Kammer voller Stroh.
Ein Spinnrad war auch da.

K.: Bis morgen früh musst du dieses Stroh zu Gold spinnen.
Tust du das nicht, bestrafe ich dich und deinen Vater,
weil er mich belogen hat.

E.: Der König schloss die Kammer ab.
Vor Angst begann die Müllerstochter zu weinen:

T.: Ach, hätte mein Vater den König nicht belogen!
Er wird uns bestrafen.

Szene 2: Die Müllerstochter trifft das Männlein

E.: Da ging die Tür auf. Ein kleines Männlein trat herein.

Mä.: Guten Abend, Müllerstochter. Warum weinst du?

T.: Ich soll Stroh zu Gold spinnen und kann es nicht.

Mä.: Was gibst du mir, wenn ich es dir spinne?

T.: Mein Halsband.

E.: Das Männlein nahm das Halsband.
Bis zum Morgen war alles Stroh zu Gold gesponnen.
Am Morgen kam der König und sah das Gold:

K.: Alles Stroh zu Gold gesponnen – davon will ich mehr!
Du musst noch eine Nacht für mich Gold spinnen.

E.: Das Mädchen weinte. Da kam wieder das Männlein.

Mä.: Was gibst du mir, wenn ich dir das Gold spinne?

T.: Meinen Ring.

E.: Das Männlein nahm den Ring.
Bis zum Morgen war alles Stroh zu Gold gesponnen.
Der König freute sich sehr.

K.: Wenn du noch eine Nacht
für mich Stroh zu Gold spinnst,
werde ich dich heiraten.

E.: Als das Mädchen allein war,
kam das Männlein wieder.

Mä.: Was gibst du mir,
wenn ich dir helfe?

T.: Ich habe nichts mehr.

Szene 3: Das Männlein fordert ein Kind

Mä.: Dann versprich mir dein erstes Kind.

E.: Die Müllerstochter wusste keinen Ausweg.
Sie versprach, was das Männlein verlangte.
Bis zum Morgen war alles Stroh zu Gold gesponnen.
Als der König das Gold sah,
heiratete er die Müllerstochter
und sie wurde Königin.
Nach einem Jahr bekam sie ein Kind.
Da kam das Männlein in ihre Kammer.

Mä.: Nun gib mir das, was du mir versprochen hast.

T.: Mein Kind kann ich dir nicht geben.
Ich biete dir dafür alle Schätze des Reiches an.

Mä.: Nein, deine Schätze will ich nicht. Ich will dein Kind.

E.: Darüber jammerte und weinte die Königin so sehr,
dass das Männlein Mitleid hatte.

Mä.: Gut, drei Tage lasse ich dir Zeit.
Wenn du bis dahin meinen Namen weißt,
sollst du dein Kind behalten.

E.: Die Königin überlegte die ganze Nacht.
Sie schickte auch einen Boten aus,
der überall nach neuen Namen suchte.
Am ersten und zweiten Tag nannte sie
dem Männlein verschiedene Namen:
Caspar, Melchior, Schnürbein …
Doch immer wieder sagte das Männlein:

Mä.: So heiß ich nicht.

Szene 4: Die Königin findet den Namen

E.: Am dritten Tag kam der Bote zurück.
Er hatte im Wald ein Männlein gesehen,
das auf einem Bein hüpfte und schrie:

Mä.: Heute back ich, morgen brau ich,
übermorgen hol ich der Königin ihr Kind.
Ach, wie gut, dass niemand weiß,
dass ich Rumpelstilzchen heiß.

E.: Als das Männlein kam,
fragte die Königin:

T.: Heißt du Kunz? Oder Heinz?

Mä.: Nein, so heiß ich nicht.

T.: Heißt du Rumpelstilzchen?

Mä.: Das hat dir der Teufel gesagt.

E.: Vor Wut packte das Männlein
seinen linken Fuß mit beiden Händen
und riss sich selbst mitten entzwei.

nach den Brüdern Grimm

1. Lest die Szenen mit verteilten Rollen.
2. Der Text ist ein Märchen. Woran erkennst du das? Informiere dich im Fachwörter-Lexikon. ⇢ Seite 221
3. Wer hat das Märchen geschrieben? Kennst du noch andere Märchen von diesen Autoren?
4. Ihr könnt den Text auch als Theaterstück aufführen.

Rumpelstilzchen in Film und Fernsehen

„Rumpelstilzchen“ – ein Märchen der Brüder Grimm

Das Märchen „Rumpelstilzchen“ gehört zu den Kinder- und Hausmärchen der Brüder Grimm. Die Brüder Grimm haben das Märchen vor über 200 Jahren aufgeschrieben.

„Rumpelstilzchen“ in verschiedenen Medien

Heute gibt es das Märchen als

- Buch,
- Film mit echten Schauspielern,
- Zeichentrickfilm,
- Hörbuch und
- Hörspiel.

„Rumpelstilzchen“ wurde oft verfilmt. 2009 wurde das Märchen in der Reihe „Acht auf einen Streich“ für das Fernsehen neu gedreht.

- **Drehort:**
  Schloss Bürresheim bei Mayen in der Eifel
- **Titelrolle des Films:**
  Robert Stadlober, ein Schauspieler aus Österreich, spielt das Rumpelstilzchen.

S. 115

Bildszenen aus dem Film

Hier siehst du „Rumpelstilzchen“ in der Märchenreihe „Acht auf einen Streich.“

Filminfo

Regie: Ulrich König
Kamera: Ludwig Franz
Buch: David Ungureit
Musik: Andreas Weidinger, Christoph Zirngibl
Länge: 60 Minuten

Diesen Film gibt es auch als **Hörfilm**. Er beschreibt in den Pausen, was man in der Filmszene sieht. Diese Beschreibung können blinde und sehbehinderte Menschen in der Hörfilm-Fassung hören.

1. „Rumpelstilzchen“ gibt es in verschiedenen Medien. Welche Medien sind das? Welche davon kennst du?
2. Seht euch gemeinsam „Rumpelstilzchen“ als Film an.
3. Vergleiche den Film mit dem Märchen im Buch:
   - Was ist im Buch besser als im Film?
   - Was macht der Film besser als das Buch?

Fachwörter-Lexikon → Märchen, S. 221

Märchen – früher und heute

Früher, als nur wenige Menschen lesen konnten, wurden Märchen vor allem erzählt. Heute gibt es Märchen in vielen Medien: als Märchenbuch, Theaterstück, Comic, Hörbuch, E-Book, im Internet sowie als Spiel- und Zeichentrickfilm.

Märchenwoche im Fernsehen **TV-Programm**

Datum	Uhrzeit	Titel	Sendeformat
SO, 22.01.	14:05	**Die kleine Meerjungfrau** Die kleine Meerjungfrau rettet einen Prinzen aus dem Meer und verliebt sich in ihn. Das Abenteuer beginnt …	Zeichentrick-serie
MO, 23.01.	14:15	**Rumpelstilzchen** Ein Müller sagt, seine Tochter könne Stroh zu Gold spinnen. Der König will das sehen. Kann das Rumpelstilzchen helfen?	Spielfilm
DI, 24.01.	11:55	**Märchen aus aller Welt** Wer waren die Brüder Grimm? Welche Märchen gibt es noch? Kinderreporter Max fragt nach …	Kindersendung
MI, 25.01.	11:55	**Des Kaisers neue Kleider** Das Märchen erzählt von einem Kaiser, der sich an der Nase herumführen lässt. Sind die Kleider des Kaisers wirklich neu?	Puppentheater

Fachwörter-Lexikon → E-Book, S. 220 | Internet, S. 221

Hier siehst du zwei Märchenszenen als Comic:

❶ Frau Holle

Es war einmal eine Frau,
die hatte zwei Töchter:
Eine war fleißig, die andere faul.

❷ Froschkönig

Es war einmal …

1. **Vor dem Lesen:** Was weißt du schon über Märchen? Was haben Märchen gemeinsam?
2. Welche Medien im Bereich Märchen kennst du? Welche gefallen dir gut? Welche gefallen dir nicht?
3. Stellt euch Fragen zum Fernsehprogramm (Seite 120): Wer, Was, Wo, Warum, Wie …?
4. Auf Seite 121 siehst du zwei Märchen als Comic. Worum geht es in den Märchen? Erzähle.
5. Plant eine Märchenausstellung in eurer Schule. Ihr könnt auch Medien in der Bibliothek ausleihen.

Besuch

War ein Ries' bei mir zu Gast,
sieben Meter maß er fast,
hat er nicht ins Haus gepasst,
saßen wir im Garten.

Weil er gar so riesig war,
saßen Raben ihm im Haar,
eine ganze Vogelschar,
die da schrien und schwatzten.

Er auch lachte laut und viel,
und dann schrieb er mir zum Spiel
– Bleistift war ein Besenstiel –
seinen Namen nieder.

Und er schrieb an einem Trumm:
MUTAKIRORIKATUM.
Ebenso verkehrt herum,
ja, so hieß der Gute.

Falls ihr einen Riesen wisst,
dessen Name also ist
und der sieben Meter misst,
sagt, ich lass ihn grüßen!

Josef Guggenmos

1. Wie heißt der Riese? Was ist an dem Namen besonders?
2. Lerne eine oder mehrere Strophen auswendig.

Mach mit!

Eine Märchenfigur erfinden

Es gibt Namen, die du von hinten genauso wie von vorn lesen kannst. Diese Wörter nennt man **Palindrome**.

Beispiele: ANNA, OTTO, MUTAKIRORIKATUM (Seite 122)

1. Erfinde eine Märchenfigur mit einem Palindrom-Namen. Du kannst dir auch einen lustigen Namen ausdenken.
2. Male die Märchenfigur oder beschreibe sie. Die Fragen im Kasten unten können dir helfen.
3. Stelle deine Märchenfigur in der Klasse vor.
4. Gestaltet in der Klasse ein eigenes Buch mit euren Märchenfiguren oder Märchen. Schreibt die Texte von Hand oder am Computer.

Fragen zur Märchenfigur

- Wer ist die Figur? (Zauberer, Riese, König …)
- Wie sieht sie aus?
- Was macht sie?
- Wo wohnt sie?
- Was erlebt sie?

Klopoteks Boxer

So fängt alles an

Motte und seine Freundin Lina sind auf dem Heimweg. Im Dunkeln schnappt ein Hund mit gelben Augen nach Motte und verletzt ihn. Motte merkt, dass sich sein Körper verändert: die Haare, die Hände, die Stimme, die Augen. Bald sieht er aus wie dieser seltsame Hund. Motte ist verzweifelt und verabredet sich mit Lina. Er wirft ein Laken über den Kopf und eilt zu Linas Versteck auf dem Dachboden.

Im Hausflur brannte kein Licht. Herr Klopotek kam mit seinem Boxer aus der Tür. Herr Klopotek brüllte: „Fass, Nero, fass!“ Nero bleckte die Zähne, legte die Ohren an und sprang auf Motte los.

Motte hatte keine Angst. Heute nicht. Sein Rücken krümmte sich. „Grrrrrr!“, kam es aus seiner Brust. Er bleckte die Zähne, sein Fell sträubte sich. Der Boxer winselte und versteckte sich hinter Herrn Klopotek. Motte knurrte ein letztes Mal. Er raste die Treppe hoch und verschwand auf dem Dachboden.

S. 118 / 119

„Na endlich!“, sagte Lina.
„Was soll die Verkleidung?“
„Hallo!“, sagte Motte.
Er zitterte am ganzen Körper.
„Kannst du vielleicht
die Lampe ausknipsen?“
Lina sagte: „Bist du verrückt?
Sonst kann es dir doch gar nicht
hell genug sein.
Und was ist mit deiner Stimme los?
Du klingst ja wie Frankenstein.“

„Es ist etwas Scheußliches passiert“, sagte Motte.
„Aber krieg keinen Schreck, ja?“
Mit einem Ruck zog er sich das Laken vom Kopf.
Lina quietschte wie ein kleines Schwein.
Sie sprang aufs Sofa und schrie weiter.
Das war zu viel für Motte, einfach zu viel.

nach Cornelia Funke

1. Stellt euch Fragen zum Text:
   Wer, Was, Wo, Warum, Wie …?
2. Wie könnte die Geschichte weitergehen?
   Erzähle oder schreibe.
3. Willst du wissen, wie Motte geholfen wird?
   Lies das Buch „Kleiner Werwolf“ von Cornelia Funke.

Lesetraining – Lesen auf 2 Stufen

• Ein Yeti kommt per Post

Nemo bekam ein Päckchen. „Bitte nicht öffnen!“ stand darauf. Natürlich wollte Nemo es trotzdem aufmachen. Er ging dafür zusammen mit seinem Freund Fred in den Schuppen im Garten. In dem Päckchen fand er ein Yeti-Kuscheltier.

Auf einmal fing es mitten im Juni an zu schneien. Verwundert ging Nemo hinaus. Da sah er mitten im Schnee eine Bewegung. War da ein Tier? Nein. Das Wesen lief auf zwei Beinen! Nemo wusste, dass es kein Tier war. Er wollte es nur nicht wahrhaben. Es gab keinen Zweifel. Da schlurfte der Plüsch-Yeti an ihm vorbei und heulte wie ein kleines Kind. „Will heim!“, schluchzte er. Nemo rannte ins Haus.

nach Charlotte Habersack

1. Wie sicher kannst du den Text lesen? ☺ 😐 ☹
2. Welche Wörter möchtest du noch üben?
3. Worum geht es im Text? Erzähle.
4. Schaffst du es auch, Lesestufe 2 zu lesen?

•• Ein Yeti kommt per Post

„Bitte nicht öffnen!“ stand auf dem geheimnisvollen Päckchen, das Nemo bekam. Natürlich machte Nemo es auf – sicherheitshalber im Gartenschuppen und zusammen mit seinem Freund Fred. Die beiden Jungen fanden in dem Päckchen einen Plüsch-Yeti.

Auf einmal fing es an zu schneien. Mitten im Juni. Und so stark, dass man kaum die Hand vor Augen sah. Verwundert ging Nemo in den Garten. Da sah er mitten im Schneegestöber eine Bewegung. War da eine Katze? Oder ein Hund? Nemo schluckte. Wenn er ehrlich war, wusste er genau, was er da sah. Aber er wollte es nicht wahrhaben. Träumte er? Oder wurde er verrückt? Nemo gab sich selbst eine Ohrfeige. Er rieb sich die Augen.

Aber die Erscheinung blieb. Kein Zweifel. Da schlurfte das Zottelmonster an ihm vorbei! Der Yeti, der gerade noch ein Spielzeug gewesen war. Das Monster ließ die Schultern hängen und heulte wie ein kleines Kind, das seine Mami verloren hatte. „Will heim!“, schluchzte es. Nemo rannte ins Haus.

nach Charlotte Habersack

1. Du kannst die Texte auch mit einem Partner üben. Wähle mit ihm gemeinsam einen Text aus.
2. Stellt euch Fragen zum Text: Wer, Was, Wo, Warum, Wie …?

Mit einem Partner lesen → S. 214

S. 120

Papa, wann darf ich mit?

Erik muss warten, bis er neun Jahre alt ist. Dann darf er endlich den Sommer mit seinem Vater bei den Grizzlybären verbringen. Sein Vater ist der bekannte Tierfilmer Andreas Kieling. Andreas Kieling beobachtet seit zwölf Jahren Bären in Alaska. Er kennt ihre Wanderwege und Futterplätze. Am 31. Mai fliegt Erik mit seinem Vater nach Alaska. Mit einem Segelboot segeln sie zu den Aleuten, einer Inselkette im Südwesten von Alaska.

Gleich nach ihrer Ankunft sehen sie die ersten Bären. Erik wundert sich: „Die fressen ja nur Gras!“ Man sieht den Bären an, dass sie lange geschlafen haben. Ihr Fell hängt wie ein zu großer Mantel an ihrem Körper. Erik meint: „Die sind ja total hungrig!“ Er ist fast ein wenig enttäuscht, dass die Bären sich so gut beobachten und filmen lassen.

S. 126 / 127

Wenig später beobachten Vater und Sohn, wie Bären am Fluss Lachse fangen. Zwischen Juni und Oktober kehren die Lachse aus dem Meer in die Flüsse zurück, wo sie aus dem Laich geschlüpft sind.

Nur wenige Lachse können den hohen Wasserfall überwinden. Deshalb sammeln sich viele Lachse weiter unten am Fluss. Die Bären werfen sich ins Wasser und wirbeln die Lachse durcheinander. Dann greifen sie zu und halten ihre Beute zwischen den Pfoten. Der Lachs wird sofort gefressen.

Ab August werden die Tage kürzer. Jetzt machen sich Vater und Sohn auf die Heimreise. Der Sommer bei den Grizzlybären ist zu Ende.

1. Wo liegt Alaska? Was sind die Aleuten?
   Schau in einem Atlas oder auf dem Globus nach.
2. Wie fangen die Bären die Lachse?
   Schreibe Stichwörter und erzähle.
3. Schreibe einen Steckbrief zu Grizzlybären.
   Informiere dich auch im Internet oder in Büchern.

Stichwörter schreiben (Lesetipp 3) ⇢ S. 198
Im Internet informieren ⇢ S. 215
Fachwörter-Lexikon ⇢ Steckbrief, S. 222

Mäuserettung

Auf dem Dachboden lag überall Mäusedreck. Sogar Weihnachtskugeln waren angeknabbert. Mama sagte: „Mir reicht's! Ich stell' Fallen auf.“ Jette war dagegen. Aber Mama stellte trotzdem Fallen auf. Am dritten Tag hatte sie die erste Maus erwischt. Jette weinte und Mama schämte sich. Aber die Fallen räumte sie nicht weg.

„Wir müssen die anderen Mäuse retten!“, sagte Jette zu ihren Freundinnen Anne und Miriam. Den ganzen Nachmittag versuchten sie, die Mäuse mit Käse aus ihrem Versteck zu locken. Aber nicht eine ließ sich sehen.

Am nächsten Tag brachte Miriam eine schmale Box mit. „Diese Falle fängt Mäuse ganz lebendig“, erklärte sie. „Die Maus rennt rein, um den Speck zu holen. Dabei drückt sie selbst die Klappe hoch und – zack – ist sie gefangen.“ Zusammen stellten sie die Falle auf den Dachboden.

„Das nützt aber nur, wenn du deine Mama überredest, ihre Fallen wegzuräumen“, sagte Anne. Jette versuchte es. „Okay“, sagte Mama. „Ihr habt drei Tage.“

S. 128 / 129

Am ersten Nachmittag passierte nichts. Jette legte leckeren Speck in die Falle. Aber keine Maus ließ sich blicken. Am nächsten Morgen stieg Jette auf den Dachboden. Ein Schwänzchen baumelte aus der Falle. Jette schrie aufgeregt: „Mama! Wir haben eine!“ Sie rannte mit der Falle in die Küche. „Guck mal, die kleinen Pfoten. Sieht sie nicht süß aus?“

Mama sagte zu Jette: „Gut. Aber in einer Woche müssen die Mäuse weg sein. Sonst stell’ ich wieder meine Fallen auf.“ Da fragte Papa entsetzt: „Deine Fallen? Was tust du?“ „Überall liegt Mäusedreck rum“, murmelte Mama. Doch am nächsten Morgen warf Mama die Fallen in den Müll. Papa, Jette, Miriam und Anne fingen noch neun kleine Mäuse auf dem Dachboden. Lebend natürlich. Sie brachten sie zusammen in den Wald.

nach Cornelia Funke

1. Sprecht in einer Lesekonferenz über den Text. → Seite 207
2. Beantworte die Fragen – allein oder mit Partner:
   - Warum stellt Jettes Mama Fallen auf?
   - Wie rettet Jette die Mäuse?
   - Warum wirft Mama die Fallen am Ende in den Müll?

Der Hase Theodor

Clemens' Vater erzählt:

Seit mehr als einem Jahr wohnt der Hase Theodor in einem Stall in unserem Garten. Clemens hat sich ein Häschen zu seinem sechsten Geburtstag gewünscht. Bei Nachbarn hatte er einen Zwerghasen gesehen – sehr viel kleiner als andere Hasen und ganz zahm!

Wir Eltern sprachen uns gegen das kleine Tier aus. Doch Clemens war nicht abzubringen. Dann kamen alle üblichen Forderungen von Eltern:

- Du musst wirklich für das Tier sorgen!
- Du musst es täglich füttern!
- Du musst den Stall putzen, hörst du, Clemens!

Clemens sagte zu allem „Ja“. So entschlossen wir uns, einen Zwerghasen zu kaufen.

 S. 130 – 132

Wir suchten im Laden einen Zwerghasen für Clemens aus.

- Er hatte kürzere Ohren als normale Hasen und war nicht größer als eine Hand.
- Sein Fell war ganz weiß, mit schwarzen Härchen an den Ohrenspitzen und an den Vorderpfoten.
- Und er hatte rote Augen.

Der Händler erklärte, dass das Tierchen kein Wasser braucht. Es nimmt die Flüssigkeit mit viel Gemüse auf.

Clemens war begeistert. Wir gaben dem Häschen den Namen „Theodor“. Bald dachte Clemens nicht mehr an unsere Abmachung. Er vergaß, das Häschen zu füttern. Sein ältester Bruder Fabian putzt den Stall alle zwei Wochen. Ich, sein Vater, lasse Theodor frei laufen. Nur die kleine Sophie guckt jeden Morgen nach Theodor. Aber es hilft Theodor wenig, da sie ihm nur selten Salat bringt.

Theodor ist kein richtiger Hase mehr. Nagetiere „verbeißen“ sich täglich an harten Gegenständen. Theodor hat es eine Weile getan, bis er es vergaß. Deshalb sind seine Vorderzähne immer länger geworden. Morgen gehen wir zum Tierarzt. Der wird seine Zähne vermutlich abzwicken.

Schon jetzt kann Theodor kaum noch fressen. Er ist ein nettes Spielzeug geworden. So hat selbst er vergessen, dass er ein Nagetier ist. Früher waren die Menschen die Feinde der Hasen. Heute sind sie es genau genommen noch immer.

nach Peter Härtling

1. Clemens wünscht sich einen Zwerghasen.
   Was fordern die Eltern von ihm? (Seite 132)
2. Wie sieht Clemens’ Zwerghase aus?
   Lies den Text auf Seite 133 und male das Tier.
3. Wie gut kümmert sich Clemens um sein Haustier?
4. Die Geschichte wird von Clemens’ Vater erzählt.
   Was könnte Clemens denken und fühlen?
   So kannst du den Text beginnen:

   Schon lange wollte ich einen Zwerghasen haben.

Mit Texten kreativ umgehen → S. 210

Ein Schaubild lesen

Für ein Haustier muss man Zeit haben. Wie viel Zeit nehmen sich die Kinder der Klasse 4 d für ihre Haustiere? Dazu gab es eine Umfrage an der Schule. Das Schaubild zeigt dir das Ergebnis.

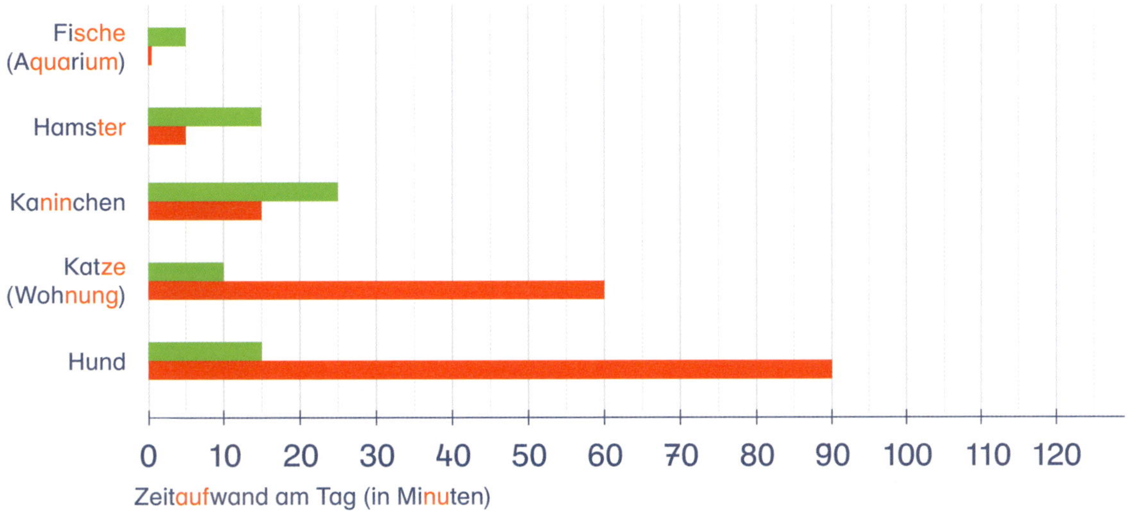

- Zeit für die Tierpflege: füttern, reinigen
- Zeit für die Beschäftigung mit dem Tier: spielen, streicheln, kuscheln, sich bewegen …

1. Beantworte die Fragen zum Schaubild:
   - Für welches Tier braucht man am meisten Zeit?
   - Welche Tiere machen wenig Arbeit?
   - Wie viel Zeit braucht die Pflege eines Kaninchens?

Der Löwe und das Mäuschen

Ein Mäuschen lief über die Tatzen eines schlafenden Löwen. Verärgert packte der Löwe das Mäuschen. Mit seiner Tatze erdrückte er es fast.

Das Mäuschen piepste: „Verzeih mir. Ich wollte dich nicht stören. Bitte schenke mir mein Leben. Ich will alles für dich tun, was ich kann.“

Da musste der mächtige Löwe lachen: „Was kannst du kleines Mäuschen jemals für einen Löwen tun?“ Aber er ließ das Mäuschen laufen.

Bald darauf hörte das Mäuschen Gebrüll. Der Löwe war in einem Netz gefangen. Das Mäuschen zernagte sofort ein Seil und befreite den Löwen aus dem Netz.

Auch Kleine können Großen helfen.
Sie dürfen nicht verachtet werden.

frei erzählt nach Äsop

1. Der Text ist eine Fabel. Woran erkennst du das? Informiere dich im Fachwörter-Lexikon. → Seite 220
2. Welches Tier ist am Schluss „stärker“? Warum?

Ein Fisch, eine Amsel, ein Krebs und ein Geldbeutel

Ein Fisch, eine Amsel und ein Krebs fanden einen Geldbeutel. Alle schnappten danach: der Fisch vom Wasser, die Amsel aus der Luft und der Krebs vom Flussufer. Die Tiere waren gleich stark, keiner wollte loslassen.

Krebs: „Lasst uns die Beute teilen. Am besten in meiner Höhle."

Fisch: „Nein, wir teilen bei mir. Tief im Wasser ist es sicher."

Amsel: „Nein, nein, nein! Wir teilen in meinem Nest. Hoch oben ist es am sichersten."

Die Tiere konnten sich nicht einigen. So zerrten wieder alle drei am Geldbeutel, bis jemand vorbeikam. Es war der Mann, der den Geldbeutel verloren hatte. Er bückte sich und freute sich, dass er ihn wiederhatte.

frei erzählt nach Äsop

1. Lest die Fabel mit verteilten Rollen.
2. Welcher Satz passt zu der Fabel? Warum?

   A Wer anderen eine Grube gräbt, fällt selbst hinein.

   B Ein Unglück kommt selten allein.

   C Nur wer sich mit anderen einigen kann, hat Erfolg.

• Krötenwanderung

Im Frühling machen sich die Kröten auf den Weg zu dem Teich oder See, in dem sie geschlüpft sind. Dort legen sie ihre Eier ab. Führt der Weg unterwegs über eine Straße, kann es für Kröten gefährlich werden.

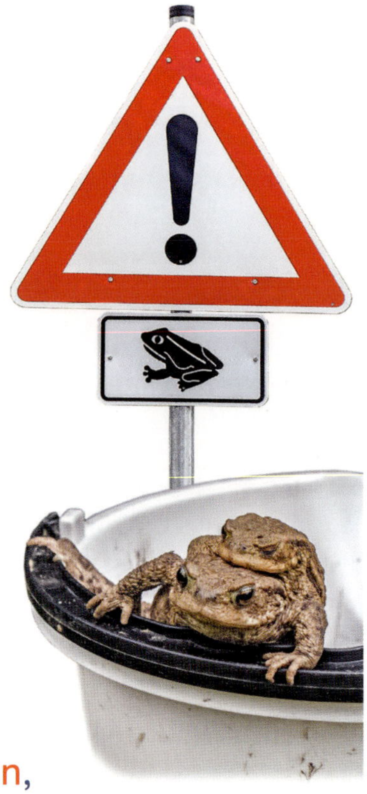

Deshalb helfen Naturschützer bei der Krötenwanderung. Sie stellen Zäune am Straßenrand auf. Diese verhindern, dass Kröten auf die Fahrbahn gelangen. Helfer sammeln die Kröten mehrmals am Tag ein und bringen sie sicher über die Straße. Häufig gibt es auch kleine Tunnel unter Straßen, durch die Kröten krabbeln können. Manchmal werden sogar ganze Straßen für mehrere Wochen gesperrt.

1. Wie sicher kannst du den Text lesen? ☺ 😐 ☹
2. Welche Wörter möchtest du noch üben?
3. Worum geht es im Text? Erzähle.
4. Schaffst du es auch, Lesestufe 2 zu lesen?

•• Krötenwanderung

Im Frühling begeben sich Kröten auf Wanderschaft: Sie machen sich auf den Weg zu dem Teich oder See, in dem sie geschlüpft sind, um dort ihre Eier abzulegen. Führt der Weg unterwegs über eine Straße, sind die Kröten großer Gefahr ausgesetzt.

Deshalb kümmern sich Naturschützer jedes Jahr um die wandernden Kröten und sichern den Weg mit Zäunen am Straßenrand ab. Um zu verhindern, dass Kröten auf die Fahrbahn gelangen, werden sie in eingegrabene Eimer umgeleitet. Helfer sammeln die Kröten mehrmals am Tag ein und bringen sie sicher über die Straße.

Häufig gibt es kleine Tunnel unter Straßen, durch die Kröten krabbeln können. Manchmal kommt es sogar vor, dass ganze Straßen für mehrere Wochen gesperrt werden. Krötenwanderungen gibt es nicht nur im Wald, sondern auch in der Stadt. Damit die Tiere bei der Wanderung nicht in einen Straßenschacht fallen, wird dieser mit einem feinmaschigen Netz bedeckt.

1. Du kannst die Texte auch mit einem Partner üben. Wähle mit ihm gemeinsam einen Sachtext aus.
2. Stellt euch nach jedem Abschnitt Fragen zum Text: Wer, Was, Wo, Warum, Wie …?

Wenn dich ein Löwe nach der Uhrzeit fragt

Eine Redensart aus Afrika sagt: „Wenn dich ein Löwe nach der Uhrzeit fragt“ – dann bist du in Schwierigkeiten. So wie Temeo und seine Familie …

Temeo ist zwölf Jahre alt. Er lebt in Tansania. Das ist ein Land in Ostafrika. Sein Vater ist der Geologe Dr. Kirschstein aus Deutschland. Er sucht in Tansania mit seinen Arbeitern nach Edelsteinen. Seine Mutter ist Masiti Mlenga Kapunga. Sie betreibt eine kleine Hühnerfarm.

Temeo muss mithelfen. Gerade rupft er ein Huhn. Plötzlich hört er ein lautes Geschrei. Ein Unglück ist geschehen. Temeos Vater ist in der Edelsteingrube gestürzt. Er wird schwer verletzt ins Haus getragen. Der Arzt muss oft kommen. Das ist teuer. Mama Masiti muss Geld leihen, um für seine Besuche zu bezahlen. Sie beauftragt Temeo mit einem Bittgang zu Freunden und Bekannten. Nein, eilig muss Temeo den Auftrag nicht ausführen, aber klug und geschickt.

S. 138 – 141

Fachwörter-Lexikon → Redensart, S. 221

Temeo erzählt

Zuerst ging ich zu Mister Christofer nach Udjidji. Mister Christofer kam aus der Schweiz. Er leitete eine landwirtschaftliche Versuchsstation. Er und Papa kannten sich gut.

Beinahe wäre ich nicht lebend in Udjidji angekommen. Plötzlich stürmte nämlich eine Herde Rinder um die Ecke. Braune Ungetüme mit riesigen Hörnern. Ich konnte mich gerade noch in ein Maisfeld werfen. Du kannst dir vielleicht vorstellen, wie danach meine neue Jacke aussah.

An der Zufahrt zur Versuchsstation stand ein Mann in Uniform. „Wo willst du hin? Hier kommt keiner rein!“ Ich sagte: „Mister Christofer erwartet mich! Zeig mir sein Haus!“ Der Mann deutete auf ein altes, aber schönes Gebäude. Ich gab mir Mühe, lässig zu gehen. In Wahrheit fiel mir das Herz in die Hose, wenn ich an meinen Auftrag dachte.

Mister Christofer und eine Frau saßen auf der Veranda.
„Na, was willst du von uns, mein Junge?“
Ich streckte dem Mann meine rechte Hand hin und
gab der Frau mit einer leichten Verbeugung die Hand.
„Ich bin Temeo Kirschstein aus Kigoma“, sagte ich.
„Ich würde gern etwas mit Ihnen bereden.“
„Setz dich“, sagte die Frau, „ich heiße Susanna.“
Ich bekam Limonade und Kuchen, den ich heißhungrig aß.
Jetzt musste ich zur Sache kommen.

„Doktor Kirschstein, mein Vater, ist in der Grube verunglückt.“
„Wir haben davon gehört. Ist er schlimm verletzt?“
Ich sagte: „Es ist sehr schlimm. Der Arzt kommt jeden Tag.
Und so ein Arzt kostet eine Menge.“
Die Frau sagte: „Nimm noch ein Stück Kuchen.“
Der Mann fragte: „Der Arzt kommt also jeden Tag?“
„Jeden Tag“, sagte ich, „und er kostet was.“

Jetzt stand der Mann auf. Er sagte etwas zu seiner Frau und ging ins Haus. Ich saß mit ihr allein. Ich hatte keine Übung darin, mit schönen Frauen zu reden. Sollte ich sie auf Geld ansprechen? Mister Christofer kam zurück. „Ich bring dich zum Ausgang.“ Ich war enttäuscht. Am Tor streckte mir Mister Christofer seine Hand hin. „Mach’s gut, Temeo. Grüße Mama Masiti. Und deinen Vater. Und gib diese Kleinigkeit deiner Mama.“ Er gab mir einen Umschlag, lächelte und drehte sich um.

Als ich außer Sichtweite war, riss ich den Umschlag auf. Es war eine ganze Menge Geld! Wenn einem so unerwartet etwas gelingt, fühlt man sich ein bisschen wie ein Held.

nach Hermann Schulz

1. Finde Überschriften zu den Abschnitten im Text.
2. Was erfährst du über Temeo und seine Eltern? In welchen Zeilen im Text kannst du das nachlesen?
3. Übe den Text, bis du ihn ohne Fehler vorliest. Betone wichtige Wörter.
4. Spielt das Gespräch zwischen Temeo, Mister Christofer und seiner Frau. (Seite 142/143)
   Tipp: Stichwörter können euch dabei helfen.

Fremd, aber sicher

Mohamad ist neun Jahre alt und wohnt in der Nähe von München. Er ist mit seiner Familie aus Syrien nach Deutschland geflohen.

Als Mohamad vor einem Jahr mit seiner Familie in Deutschland ankam, sprach er noch kein Wort Deutsch. Inzwischen hat er so viel gelernt, dass er oft für seine Eltern übersetzt. Zum Beispiel, als sein kleinster Bruder zum Arzt musste.

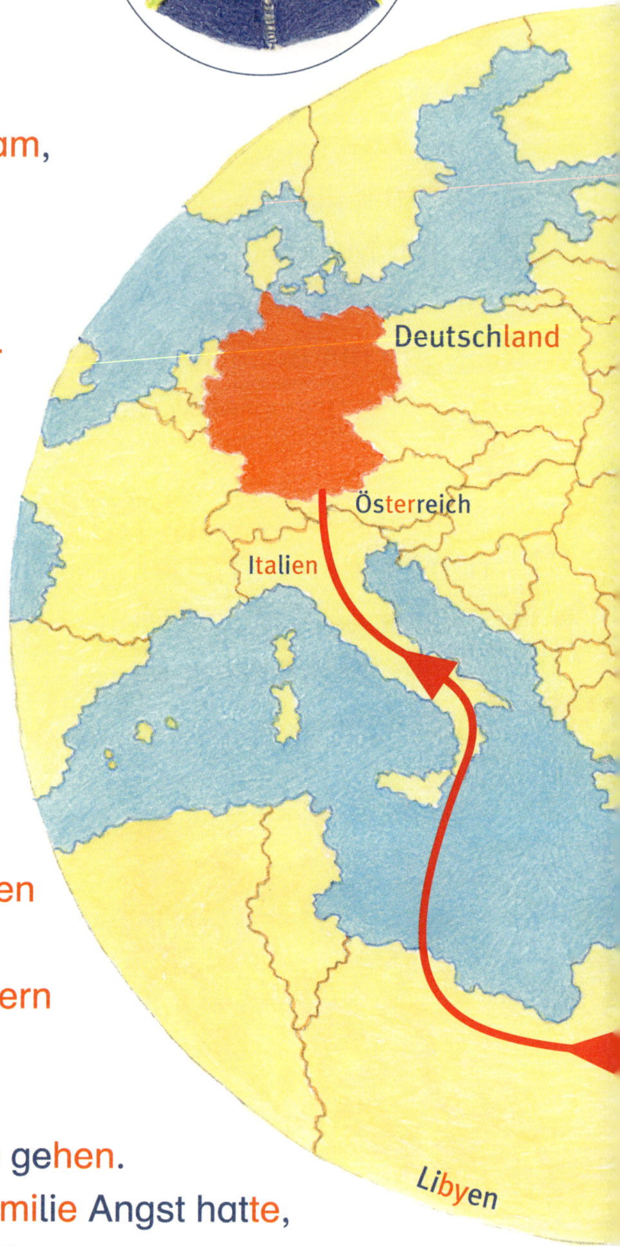

Mohamads Familie hatte Glück. Viele Leute haben ihnen geholfen, eine Wohnung zu finden. Sie haben Jacken und Fahrräder besorgt und einen Deutschkurs für Mohamads Vater organisiert.

Die ersten Monate in Deutschland waren ziemlich anstrengend für Mohamad. Zusammen mit seinen Brüdern und Eltern wohnte er in einem Zimmer in einem großen Heim für Flüchtlinge. Mohamad durfte noch nicht zur Schule gehen. Das Schlimmste aber war, dass die Familie Angst hatte, wieder zurück nach Syrien gehen zu müssen.

 S. 142 / 143

Die Flucht aus Syrien war gefährlich und dauerte viele Monate. Die Familie musste **Ägypten** und **Libyen** durchqueren. Mohamads jüngster Bruder kam auf der Reise zur Welt.

Sie stiegen mit vielen Menschen in ein Boot, um das Mittelmeer nach **Italien** zu überqueren. Vier Tage und Nächte saß Mohamad im Boot, um ihn herum nur Wasser.

Die Familie reiste weiter und bat in **Deutschland** um Asyl. Mit Erfolg: Gerade hat ihnen der deutsche Staat erlaubt, die nächsten Jahre zu bleiben. Doch die Reise ist nicht beendet, denn das Haus der Familie wird abgerissen. Es ist schwierig, eine neue Wohnung zu finden.

Mohamad hofft, dass er woanders schnell wieder Freunde findet.

nach Inga Rahmsdorf

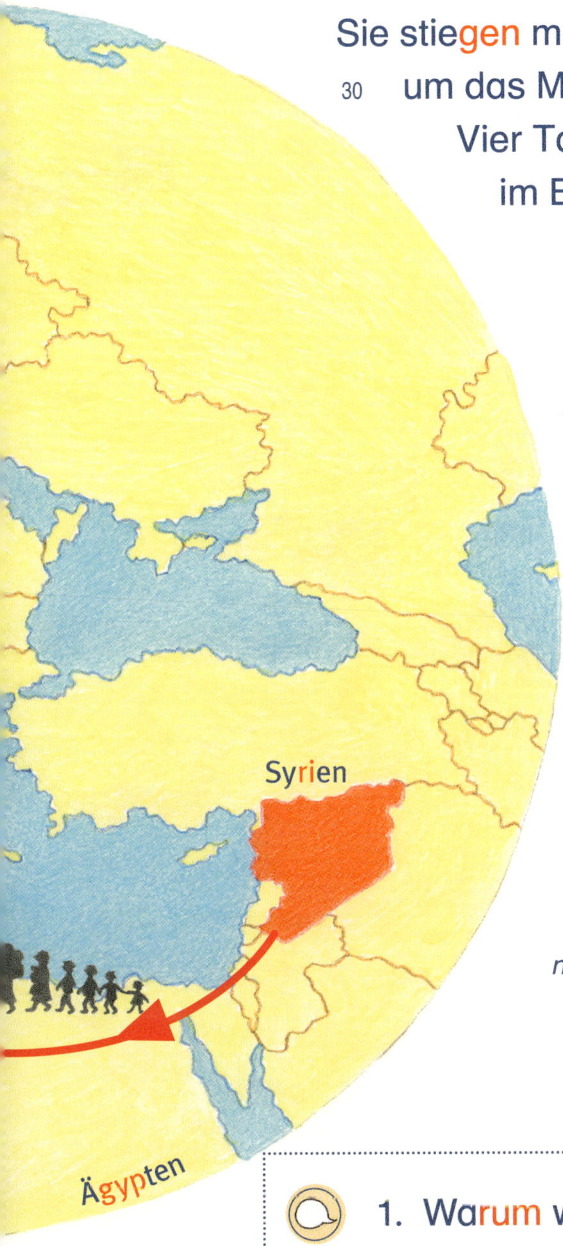

1. Warum war die Flucht aus Syrien gefährlich?
2. Durch welche Länder musste die Familie reisen? Schau dir den Fluchtweg auf der Karte an.

Mach mit!

Ein Schaubild gestalten

Es gibt viele Kinder wie Mohamad, die aus ihrem Land flüchten müssen, weil sie dort nicht mehr sicher sind. Mit einem Schaubild kannst du Stichwörter zum Thema „Kinder auf der Flucht“ sammeln.

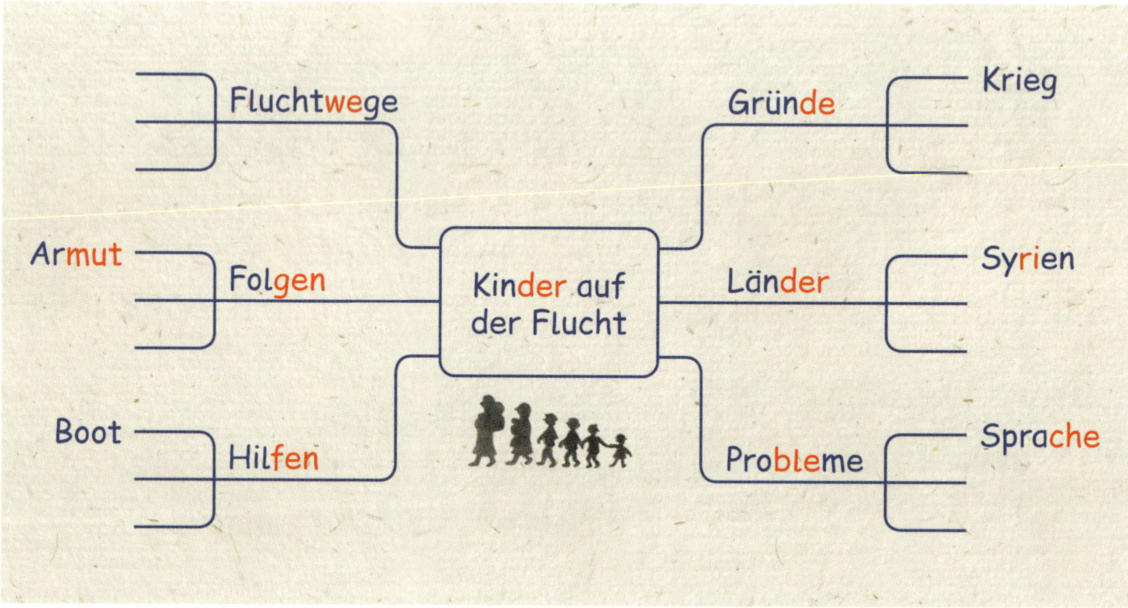

1. Was fällt dir zum Thema „Kinder auf der Flucht“ ein? Informiere dich auch im Internet.
2. Gestalte ein Schaubild – allein oder mit einem Partner. Das Beispiel oben kann dir helfen.
3. Stelle das Schaubild in der Klasse vor.
4. Helfen dir die Stichwörter bei deinem Vortrag? Warum? Warum nicht?

Einen Artikel im Lexikon lesen

A Asyl

Bedeutung des Wortes

Das Wort „Asyl“ stammt aus dem Griechischen. Es bedeutet „Unterkunft“. Mit Asyl ist ein Ort gemeint, an dem man vor Gefahr und Verfolgung sicher ist.

Recht auf Asyl

Manche Menschen werden in ihrer Heimat verfolgt, weil sie eine andere Religion, politische Meinung oder Hautfarbe haben. In Deutschland haben sie ein Recht auf Asyl. Das heißt, der Staat erlaubt ihnen, erst einmal zu bleiben. In vielen Ländern gehört das Recht auf Asyl zu den Grundrechten eines jeden Menschen.

1. Lies den Text – allein oder mit einem Partner.
2. Beantworte die Fragen:
   - Was ist mit dem Wort „Asyl“ gemeint?
   - Warum werden manche Menschen verfolgt?
3. Sammle Zeitungsberichte zum Thema „Asyl“. Informiere dich im Internet.

Fachwörter-Lexikon → Lexikon, S. 221
Lerntagebuch → S. 205
Im Internet informieren → S. 215
S. 151

Der Menschenfresser

In unserer Stadt gibt es ein Neubaugebiet. Manche Leute behaupten: „In den Hochhäusern gibt's viele Kriminelle." Wenn sie schimpfen, denke ich an Michis Menschenfresser.

Einmal durchstreifte ich mit Michi die Kleingärtneranlage. Vor einem Platz voller Müll sagte Michi: „Weißt du, was? Das wird unser Garten." Wir stellten einen Zaun aus alten Bettgestellen auf.

Am nächsten Tag kamen wir wieder. Da schwankte ein betrunkener Mann den Hauptweg herunter. Der Mann blieb stehen: „Was … was macht ihr denn hier?" Sein Anzug war schmutzig und sein linker Ärmel leer. „Wir legen einen Garten an", sagte Michi. Der Betrunkene wankte weiter. „Ein Menschenfresser", meinte Michi. Ich sah dem Mann nach. Er ging in den Nachbargarten.

Am nächsten Tag stand unser Zaun nicht mehr. „Das war der Menschenfresser", sagte Michi. Wir stiegen über den Zaun in den Nachbargarten mit dem Schild „Karl Kaluweit". Plötzlich spürte ich eine Hand im Nacken. „Loslassen!", schrie ich. Michi lief davon.

S. 144 / 145

„Was wollt ihr in meinem Garten? Was ist mit eurem Garten?“ Die Stimme war nicht unfreundlich. Meine Angst verflog. Ich erzählte, was passiert war. Als ich ging, gab mir der Mann eine Menge Pflaumen mit.

Ich ging nun öfter zu Karl Kaluweit und half ihm im Garten. Er hatte seinen Arm in der Kriegsgefangenschaft verloren. Sein Haus war im Krieg zerbombt worden, unter den Trümmern starben seine Frau und seine Kinder. Nur der Garten war ihm geblieben.

Einmal suchte mich meine Mutter. Sie ging zuerst zu Michi. Der erzählte von Kaluweit, dem „Menschenfresser“. Meine Mutter lief zur Polizei. Die Polizisten rasten zu Kaluweit. Er war zu betrunken, um ihre Fragen zu beantworten. Bald war Karl Kaluweit für alle ein Krimineller. Als ich ihn in seinem Garten besuchen wollte, war er weg. Jetzt stehen dort die Hochhäuser. Und dort leben heute Ausländer – neue „Menschenfresser“?

nach Klaus Kordon

1. Was erfährst du im Text über Karl Kaluweit?
2. Warum nennt Michi Kaluweit einen „Menschenfresser“?
3. Im Text geht es um Vorurteile.
   Wer hat Vorurteile? Welche Vorurteile sind das?
4. Lies noch einmal den Anfang und den Schluss.
   Was will der Autor mit dem Text sagen?

Fachwörter-Lexikon → Autor, S. 220

Dachbodenluft schmeckt anders

Jo mochte seinen neuen Vater nicht.
Einmal sperrte er Jo auf dem Dachboden ein,
bloß weil er „Idiot“ zu ihm gesagt hatte.
„Ich hol dich wieder, wenn du dich beruhigt hast!“, sagte er.
Jo zitterte vor Wut. Draußen wurde es schon dunkel.
„Mist!“, schrie Jo. „Blöder Mistkerl!“

„Klack“ machte das Schloss und die Tür ging auf.
Seine neue Schwester leuchtete Jo
mit ihrer Taschenlampe ins Gesicht.
„Was willst du denn hier?“, fragte Jo misstrauisch.
„Schickt dein doofer Vater dich?“
„Besser als gar keiner“, sagte Jule.
„Er hat den Schlüssel neben das Telefon gelegt.
Ich dachte, du könntest Gesellschaft brauchen.“
„Was ist, wenn er merkt, dass der Schlüssel weg ist?“
„Das merkt er nicht. Er verlegt dauernd was.“

„Hat er dich auch mal eingesperrt?“, wollte Jo wissen.
„Ist schon vorgekommen“, sagte Jule.
„Weißt du, dass Dachbodenluft anders schmeckt?
Das hab ich gemerkt, als ich mal so richtig Angst bekam.
Da hab ich mir vorgestellt, dass Dachbodenluft stärker macht,
dass man größer wird, wenn man sie einatmet.“
„Blödsinn“, brummte Jo.
Aber er sog die muffige Luft durch die Nase und stellte sich vor,
dass er zu wachsen anfing. War kein schlechtes Gefühl.

S. 146 / 147

Plötzlich hörten sie draußen Stimmen. „Ist mir egal, wo du den Schlüssel hast!", schimpfte Jos Mutter. „Du holst sofort den Jungen da raus. Jo, geht's dir gut?" „Alles okay!", sagte Jo. Die Eltern stritten sich.

Jos Mutter knackte das Schloss mit einem Schraubenzieher. Der neue Vater musste sich bei Jo entschuldigen. Er stritt sich später noch oft mit Jo, aber auf den Dachboden sperrte er ihn nicht noch mal. Doch sobald Jo oder Jule Ärger hatten, schlichen sie hinauf und atmeten Dachbodenluft ein. Danach fühlten sie sich stärker als aller Ärger der Welt.

nach Cornelia Funke

1. Übe mit einem Partner, den Text vorzulesen.
2. Beantworte die Fragen:
   - Warum sitzt Jo auf dem Dachboden?
   - Wie lernt Jo seine neue Schwester besser kennen?
   - Was ist an der Dachbodenluft besonders?
3. Der neue Vater streitet sich später noch oft mit Jo. Was könnte den beiden helfen, sich anzufreunden?

Lesetipp 9 ⇢ S. 204

Eine Geschichte schreiben und überarbeiten

Auf dem Dachboden kann es ganz schön unheimlich sein.
Im Dunkeln oder bei Licht – es gibt dort viel zu entdecken!
Bestimmt fällt dir noch mehr ein:

- Kleider und Schuhe
- Spinnennetze
- Bücher
- alte Fotos

- In den Ferien haben meine Schwester und ich unsere Großeltern besucht. Dort gab es einen alten Dachboden ...
- Ich wollte gerade mein ... vom Dachboden holen, als das Licht ...

1. Schreibe eine spannende Dachbodengeschichte.
   Die Satzanfänge im Kasten oben helfen dir.
2. Lies den anderen deine Geschichte vor.
   - Was ist gut?
   - Was könnte man noch besser machen?
3. Überarbeite deine Geschichte.
   Schreibe sie mit schöner Schrift auf.
   Du kannst auch am Computer schreiben.
   Beachte die Hinweise des Rechtschreibprogramms.
4. Gestaltet in eurer Klasse ein Geschichtenbuch.

S. 153
Mit Texten kreativ umgehen → S. 210

Zungenbrecher aus Nah und Fern

Würmchen auf dem Türmchen
mit dem Schirmchen unterm Ärmchen.

hessisch:
Wermsche uff 'm Termsche
mi'm Schermsche unnerm Ermsche.

Klingel nicht an dieser Klingel, diese Klingel klingelt nicht,
klingel an jener Klingel, jene Klingel klingelt.

schwäbisch:
Schell it a sellere Schelle, selle Schelle schellet it,
schell a sellere Schelle, selle Schelle schellet.

Durch drei dürre leere Strohhalme
lernen die Leute richtig zu sprechen.

schweizerdeutsch:
Dür drü düri lähri Röhrli
lehrä d Lüüt rächte redä.

1. Übe die Zungenbrecher, bis du sie ohne Fehler vorliest.
2. Sprich die Zungenbrecher auch in deinem Dialekt.

Lesetipp 9 ⇢ S. 204 Fachwörter-Lexikon ⇢ Zungenbrecher, S. 223 Lerntagebuch ⇢ S. 205 S. 152

Lesetraining – Lesen auf 2 Stufen

• Abenteuer Baumhaus

In den Sommerferien haben meine Schwester Milena, mein Bruder David und ich in unserem selbst gebauten Baumhaus übernachtet. In der Nacht knipsten wir immer wieder unsere Taschenlampe an, wenn irgendetwas raschelte oder ein Hund bellte. Plötzlich schrie Milena laut auf: „Mir ist etwas über das Gesicht gekrabbelt!“ Wir waren alle sofort hellwach. Ich musste grinsen. Bestimmt war es ein Käfer oder eine Spinne.

Am nächsten Morgen war David als Erster wach. „Lukas!“, rief er mir zu, „schau mal!“ Ich sah, dass sich hunderte Ameisen über die Essensreste von gestern hergemacht hatten. Fasziniert beobachteten wir sie. Dann gingen wir ins Haus. An diesem Morgen schmeckte das Frühstück besonders gut. Und es gab viel zu erzählen.

1. Wie sicher kannst du den Text lesen? ☺ 😐 ☹
2. Welche Wörter möchtest du noch üben?
3. Worum geht es im Text? Erzähle.
4. Schaffst du es auch, Lesestufe 2 zu lesen?

S. 148

Lesetipp 1 → S. 196

Lerntagebuch → S. 205

•• Abenteuer Baumhaus

In den Sommerferien haben wir ein Baumhaus gebaut. Wir – das sind meine Schwester Milena, mein Bruder David und ich. Und Papa und Opa natürlich. Als das Baumhaus endlich fertig war, wollten wir sofort darin übernachten. Nach dem Essen wurde es bald dunkel. Immer wieder knipste einer von uns die Taschenlampe an, weil irgendetwas raschelte oder ein Hund bellte. Etwas mulmig war mir schon zumute. Plötzlich begann Milena zu kreischen. Wir waren alle sofort hellwach. „Mir ist etwas über das Gesicht gekrabbelt!“, rief sie. Ich musste grinsen. „Das war bestimmt ein hübscher Käfer oder eine niedliche Spinne“, erwiderte ich lächelnd. Meine Schwester schaute mich entsetzt an.

Am nächsten Morgen war David als Erster wach. „Lukas!“, rief er mir aufgeregt zu, „schau mal!“ Er zeigte auf die Essensreste von gestern. Hunderte Ameisen machten sich bereits darüber her und bildeten eine Ameisenstraße vom Baumhaus bis hinunter auf den Boden. Fasziniert beobachteten wir die fleißigen Ameisen. Dann weckten wir Milena und gingen ins Haus. An diesem Morgen schmeckte das Frühstück besonders lecker. Und wir hatten viel zu erzählen.

1. Du kannst die Texte auch mit einem Partner üben. Wähle mit ihm gemeinsam einen Text aus.
2. Stellt euch nach jedem Abschnitt Fragen zum Text: Wer, Was, Wo, Warum, Wie …?

Mit einem Partner lesen → S. 214
S. 148

Wie die Schrift erfunden wurde

Aus Bildern wurden Buchstaben

Früher mussten die Menschen immer zuerst in ein Tongefäß hineinschauen, um zu wissen, was sich darin befand. So kamen sie auf die Idee, Bilder wie Getreide oder Trauben auf das Gefäß zu ritzen.

Als die Phönizier die Schrift erfanden, hatten sie eine geniale Idee: Aus Bildern wurden Buchstaben.

Vor- und Nachteile von Bildzeichen

Bildzeichen gibt es auch bei uns: im Straßenverkehr, auf Bahnhöfen oder in der Schule. Sie haben im Vergleich zu Wörtern einen großen Vorteil: Sie sind international, jeder kann sie verstehen.

Es gibt Schriften, die nur aus Bildzeichen bestehen. Chinesen müssen zum Beispiel rund 5000 Schriftzeichen kennen, um die Zeitung zu lesen. Es ist schwer, alle Wort-Zeichen auswendig zu lernen.

S. 154 / 155

Das Alphabet – eine geniale Erfindung

Viel einfacher ist unsere Schrift. Wir benötigen nur 26 Zeichen, um alle Wörter zu schreiben. Das Alphabet ist eine geniale Erfindung – einfach zu lesen und leicht zu schreiben.

Wer hat das Alphabet erfunden?

Niemand weiß genau, wer das Alphabet erfunden hat. Man weiß aber, wo unser Alphabet herkommt: Die Phönizier trieben Handel im ganzen Mittelmeerraum. Schon vor 3000 Jahren führten sie ein Alphabet aus 22 Buchstaben ein.

Die Griechen lernten die neue Schrift kennen. Sie fügten noch Zeichen für die Vokale hinzu und legten fest, von links nach rechts zu schreiben. Dieses Alphabet wurde von den Römern übernommen. Schließlich kam es nach Germanien – zu uns.

1. Lies den Text – allein oder mit einem Partner.
2. Beantworte die Fragen:
   - Was sind die Vor- und Nachteile von Bildzeichen?
   - Warum ist das Alphabet eine geniale Erfindung?
   - Wie kam das Alphabet zu uns?

Stichwörter schreiben (Lesetipp 3) ⇢ S. 198

* die ursprünglichen phönizischen Buchstaben und ihre heutige Entsprechung

Vom Buchdruck zu den modernen Medien

Der Buchdruck veränderte die Welt

Vor rund 550 Jahren schrieben Mönche in Klöstern jedes Buch von Hand ab und malten Bilder zum Text. Wer ein Buch bestellte, musste oft Monate oder Jahre warten. Heute können wir uns das nicht mehr vorstellen.

Johannes Gutenberg erfand im Jahr 1450 den Buchdruck mit Buchstaben aus Blei. Damit veränderte er die ganze Welt, denn früher wurde ein Text seitenverkehrt in eine Holztafel geschnitzt.

Johannes Gutenberg kam auf die Idee, die Buchstaben als Stempel aus Blei in Spiegelschrift anzufertigen – ähnlich wie bei einem Kartoffeldruck.

❶ In einem flachen Holzkasten wurden die Buchstabenstempel zu Wörtern und Sätzen zusammengesetzt.

❷ Dann färbte der Setzer die Stempel ein.

❸ Nun wurden in einer Druckerpresse die Papierblätter gedruckt. Auf diese Weise konnten die Buchseiten so oft gedruckt werden, wie man wollte.

S. 156 / 157

Medien informieren und unterhalten

Bald wurden in vielen Städten Bücher gedruckt. Wer lesen konnte, hatte nun Zugang zum Wissen der Welt. Im Jahr 1605 erschien in Straßburg die erste gedruckte Zeitung.

AKTUELLES

AKTUELLE NACHRICHTEN +++ AKTUELLE NACHRICHTEN +++ AKTUELLE NACHRICHTEN

Die Zukunft des Lesens
Internet und E-Books verändern die Art, wie wir lesen. Niemals zuvor war Geschriebenes so leicht verfügbar wie heute – jederzeit, überall und für jeden. Es wird auch im digitalen Zeitalter sehr viel gelesen, vielleicht mehr als je zuvor.
Das Smartphone, das Tablet – all diese Geräte kommen beim Lesen zum Einsatz. Das tägliche Lesen bezieht sich dabei aber nicht immer auf 300-seitige Bücher, sondern vielmehr auf kleine Texteinheiten, die in Sekunden oder wenigen Minuten aufgenommen werden.
Welche kreativen Möglichkeiten bieten die neuen Medien für Autoren und Leser? Lesen Sie weiter auf S. 12.

Das Wort „Medien“ stammt vom lateinischen Wort „medium“ und bedeutet „Vermittler“.

Medien für Kinder

Auch für Kinder gibt es viele Medienangebote:

- Kinderzeitschriften,
- Sendungen im Radio und Fernsehen,
- Kindersuchmaschinen im Internet.

1. Was erfährst du im Text über Johannes Gutenberg? Gestalte ein Plakat.
2. Warum war der Buchdruck eine geniale Erfindung?
3. Der Buchdruck veränderte die Welt. Was könnten die Leute früher dazu gesagt haben? Spielt ein Gespräch auf dem Markt als Theaterstück.
4. Spielt euer Theaterstück in der Klasse vor.

Mit Bildern und Buchstaben spielen

In einem Rebus-Rätsel stehen Bilder für Wörter.
Die Buchstaben werden verändert oder gestrichen.
Die restlichen Buchstaben ergeben ein neues Wort.

Lösung: Sonnenschein, Rattenfänger

1. Löse die beiden Rebus-Rätsel.
2. Erfinde ein eigenes Rebus-Rätsel.
3. Spielt in der Klasse ein Quiz mit den Rebus-Rätseln.

4. Welche Bildzeichen kennst du?
   Was bedeuten sie? Erzähle.
5. Sammle Bildzeichen. Male ein Bild oder mache Fotos.

S. 155

Lesetraining

Eine Tabelle lesen

Bestimmt nutzt du in deinem Alltag ganz selbstverständlich Medien zur Unterhaltung und Information. In der Tabelle siehst du Beispiele.

	Unterhaltung	Wissen	Nachrichten
Witzebuch	X		
Kinderlexikon		X	
Tierzeitschrift	X	X	
Märchen-Hörspiel	X		
Fernsehquiz	X	X	
Kinderradio	X	X	X
Nachrichtensendung		X	X

1. Schau dir die Tabelle an.
   - Was bietet das Kinderradio?
   - Bei welchen Angeboten wirst du unterhalten?
   - Wo kannst du dich über Nachrichten informieren?
2. Welche Kindermedien und Kindersendungen im Fernsehen oder Radio kennst du? Erzähle.

Ein Tag bei den Turbo-Tippern

So entsteht eine Zeitung

Was passiert, damit du jeden Morgen neue Nachrichten in eurem Briefkasten findest? Hier siehst du es:

8:00 Der Arbeitstag beginnt

Journalisten sammeln Informationen, was in der Welt passiert ist. Manchmal sind sie schon morgens unterwegs und führen ein Interview. Die Online-Redaktion arbeitet für das Internet rund um die Uhr.

11:00 Redaktionskonferenz

In der Redaktionskonferenz wird gemeinsam darüber entschieden, welche Themen am nächsten Tag in der Zeitung zu lesen sind. Der wichtigste Text steht oben auf der Seite und heißt Aufmacher.

15:15 Redakteur / Redakteurin

Wenn alle Themen für die Zeitung stehen, können die Redakteure mit dem Schreiben und Telefonieren beginnen. Am Computer sehen sie auf einen Blick, wie die Zeitungsseite später aussieht.

18:45 **Erste Druckrunde**

Die Zeitungsseiten werden per Computer in die Druckerei gesendet. Dort hängen riesige Papierrollen in den Druckmaschinen.

0:00 **Schluss in der Redaktion**

Bis jetzt können die Redakteure noch etwas an ihrem Bericht ändern, zum Beispiel nach einem Fußballspiel.

2:45 **Auslieferung**

Die letzte Zeitung ist gedruckt. Jetzt laufen Pakete auf einem Fließband direkt zu den Lieferwagen. Die Fahrer bringen die Zeitungen zu den Boten. Die Boten werfen die aktuelle Zeitung früh am Morgen in euren Briefkasten.

1. Ein Reporter vom Radio stellt einem Redakteur Fragen zu seiner Arbeit bei der Zeitung. Sammle Fragen für das Interview, zum Beispiel:

   Um wie viel Uhr beginnt Ihr Arbeitstag?

2. Spielt das Interview zu zweit nach. ⇢ Seite 221
   Der eine stellt die Fragen, der andere antwortet.

3. Gestaltet eine Zeitung für die Klasse. Wer leitet die Redaktion? Wer schreibt die Texte?

So funktioniert Werbung

Im Fernsehen, auf Plakaten, im Radio oder im Internet – Werbung siehst du überall, noch dazu weckt sie Wünsche. Wie das geht? Mit diesen Werbetricks ganz einfach:

Werbesprache in Werbesprüchen

- Wörter beginnen oft mit demselben Buchstaben.
  Beispiel: Bärenstarke Bio-Brause
- Wörter reimen sich.
  Beispiel: Egg – der Gute-Laune-Snack
- Es werden neue Wörter gebildet.
  Beispiel: Sport – sportlich – Sporado
- Wörter wiederholen sich.
  Beispiel: schlau, schlau, schlau

Vorbilder

Häufig werben bekannte Sportler oder berühmte Schauspieler für das Produkt. Viele möchten so sein wie ihr Star und kaufen dann das Produkt.

Licht

Wenn ein Produkt gut beleuchtet ist, wird es von Kunden schneller bemerkt. Obst und Gemüse werden durch zusätzliche Wandspiegel und grünes Licht hervorgehoben.

S. 160 / 161
Fachwörter-Lexikon → Reim, S. 222

Musik

Mit Musik kauft man mehr ein. Im Supermarkt und Kaufhaus werden wir deshalb rund um die Uhr „beschallt“.

Duft

Von gutem Duft wird man angezogen. Viele Bäckereien locken mit Brötchenduft, der auf die Straße geblasen wird.

Markenname

Werbung muss auffallen und leicht zu merken sein. Ein origineller Markenname bleibt länger in Erinnerung.

1. **Vor dem Lesen:** Schau dir die Bilder genau an. Worum geht es? Erzähle.
2. Was weißt du schon über das Thema „Werbung“? Ein Schaubild mit Stichwörtern hilft dir. ⇢ Seite 206
3. Lies den Text – allein oder mit einem Partner.
4. Mit welchen Tricks weckt Werbung Wünsche? Wähle zwei Tricks aus und erkläre sie.

Rund um Werbung

Ⓐ Wasserdichte … mit extra weichen und gefütterten Sohlen sorgen auch bei Regen für Spaß und gute Laune.

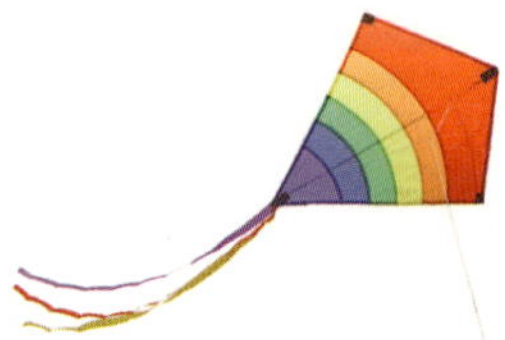

Ⓑ Perfekt für Garten, Park und Schulhof – der neue … passt in jede Hosentasche. Auch bei leichtem Wind sofort startklar!

Ⓒ Ganz schön süß, ganz schön weich – dieser … kuschelt gern mit Kindern. Ein treuer Begleiter und immer mit dabei!

Ⓓ Diese … ist ein wahrer Lichtblick. Einmal gedrückt und schon leuchtet sie bis in die spannendste Ecke.

1. Finde zu jedem Werbetext das passende Produkt.
2. Welches Produkt interessiert dich? Warum?

Lerntagebuch → S. 205

Mach mit!

Ein Werbeplakat gestalten

Knabberspaß für kluge Köpfe – kraftvoll, knackig, köstlich!

Knusper dich fit – mit Knäcki,
dem köstlichen Vollkorn-Knäckebrot

Für die Pause und zwischendurch!

gesund
lecker
bequem
praktisch
kuschelweich
wohltuend
einzigartig
traumhaft
bärenstark
ofenfrisch
wunderschön
blütenrein
federleicht
blitzsauber

1. Für welches Produkt möchtest du Werbung machen?
   Schneide Fotos aus alten Prospekten aus.
   Du kannst auch malen oder selbst ein Foto machen.
2. Gestalte ein eigenes Werbeplakat.
   Denke an die Werbetricks auf Seite 164.
   Die Adjektive im Kasten oben können dir helfen.
3. Stellt eure Plakate in der Klasse vor.
   Was ist gut? Was könnte man noch besser machen?

Rund um Bücher und Medien

Der 23. April – Welttag des Buches!

An diesem Tag feiern viele Schulen, Verlage, Buchhandlungen, Bibliotheken und alle, die gern lesen, ein großes Fest rund um Bücher und Medien.

Habt ihr Lust, mitzumachen?

Projekt: Lesefest der Klasse 4c

Wir haben ein Lesefest veranstaltet. Dazu haben wir in unserer Schule andere Klassen eingeladen.

Es gab ein Literatur-Quiz mit Fragen zu Kinderbuchfiguren. Wir haben selbst ein Theaterstück zu dem Buch „Hexe Lilli stellt die Schule auf den Kopf“ geschrieben und aufgeführt.

Einige Kinder stellten in Kostümen Bücher über Jim Knopf, das Sams, Frau Holle oder Hexe Lilli vor.

Auch ein Markt, bei dem Bücher getauscht wurden, fand statt. Toll, dass sich bei unserem Lesefest so viele beteiligt haben!

Hanna, Malte und Lukas,
Schülerreporter der Klasse 4c

S. 162 / 163
Fachwörter-Lexikon → Verlag, S. 223

Lesehitliste Klasse 4c

- Tiergeschichten 𝍸 ||
- Märchen 𝍸 |
- Fantasiegeschichten 𝍸
- Krimis ||||
- Sachbücher |||
- Kinderzeitschriften ||
- Comics ||

Tanja aus der Klasse 4c
stellt ihre Lieblingsstelle
aus dem Sachbuch „Pferde“ vor:

Pferde sind groß, stark,
schnell wie der Wind
und unglaublich schön.
Wir bewundern
ihr glänzendes Fell,
ihre wilde Mähne und
ihren prächtigen Schweif.
Sie mögen es, wenn sie
ausgiebig gestriegelt werden.

1. Was macht die Klasse 4c bei ihrem Lesefest?
2. Die Kinder stellen in Kostümen Kinderbuchfiguren vor. Welche Figuren aus Kinderbüchern kennst du?
3. Was lest ihr gern? Erstellt eine Hitliste für die Klasse.
4. Ihr könnt auch ein eigenes Lesefest feiern.

Rund um Bücher und Medien

Lukas stellt sein Lieblingsbuch vor:

- **Name des Buches:** Robbi, Tobbi und das Fliewatüüt
- **Autor:** Boy Lornsen
- **Darum geht es in dem Buch:** Eines Tages landet der kleine Roboter Robbi vor den Füßen von Tobbi Findeisen. Er braucht dringend Hilfe bei seiner Roboter-Prüfungsaufgabe. Zusammen erfinden Tobbi und Robbi das Fliewatüüt – ein Fahrzeug, das fliegen, schwimmen und fahren kann. Mit ihm gehen die beiden auf eine Reise, die sie bis an den Nordpol führt.
- **Mir gefällt das Buch, ...** weil ich gern spannende Bücher lese und mich für Erfindungen interessiere. Prima, dass es zu meinem Lieblingsbuch auch einen Film und ein Hörbuch gibt.

1. Was gefällt Lukas an seinem Lieblingsbuch?
2. Wie heißt dein Lieblingsbuch? Stelle es vor.
3. Sprecht über eure Buchvorstellung:
   - Was hat euch gefallen?
   - Was könnte man besser machen?
4. Führe ein Lesetagebuch. ⇢ Seite 208

Mach mit!

Wörterkette

▶ Lesezeichen ▶ Zeichensprache
▶ Sprachbuch ▶ Buchvorstellung
▶ Vorstellungsrunde ▶ Rundmail
▶ Mailadresse ▶ Adressbuch
▶ Buchverlag ▶ Verlagshaus …

1. Lies die Wörter, so schnell du kannst.
2. Setze die Wörterkette fort.
   Immer der zweite Wortteil wird zum ersten Wortteil.

Teekesselchen

Ein Teekesselchen ist ein Wort mit zwei Bedeutungen:

Mein Teekesselchen wächst am Baum.

Mein Teekesselchen gehört zu einem Buch.

Lösung: Blatt

1. Spiele mit einem Partner Teekesselchen.
   Findet ihr für diese Wörter je zwei Bedeutungen?

   Eselsohr | Fliege | Rücken | Decke | Note

Das Buch

Ums Buch ist mir nicht bange.
Das Buch hält sich noch lange.

Man kann es bei sich tragen
und überall aufschlagen.

Sofort und ohne Warten
kann dann das Lesen starten.

Im Sitzen, Liegen, Knien
ganz ohne Batterien.

Beim Fliegen, Fahren, Gehen,
ein Buch bleibt niemals stehen.

Beim Essen, Kochen, Würzen,
ein Buch kann nicht abstürzen.

Die meisten andren Medien
tun sich von selbst erledigen.

Kaum sind sie eingeschaltet,
heißt's schon: Die sind veraltet!

Es sei denn, man ist klüger
und hält sich gleich an Bücher.

Schön lesbar und beguckbar,
so stehn sie unverruckbar

in Schränken und Regalen,
und die Benutzer strahlen:

Hab'n die sich gut gehalten!
Das Buch wird nicht veralten.

Robert Gernhardt (gekürzt)

1. Lies das Gedicht mit einem Partner. Wechselt euch immer nach zwei Zeilen ab.
2. Der Autor ist sich sicher: Bücher wird es auch in Zukunft geben. Was denkst du darüber?

Ein Schaubild lesen

Welche Medien nutzen Kinder zwischen acht und neun Jahren? Dazu gab es eine Umfrage. Im Schaubild siehst du die Ergebnisse.

Beispiel: 50 Kinder von 100 Kindern nutzen das Fernsehen.

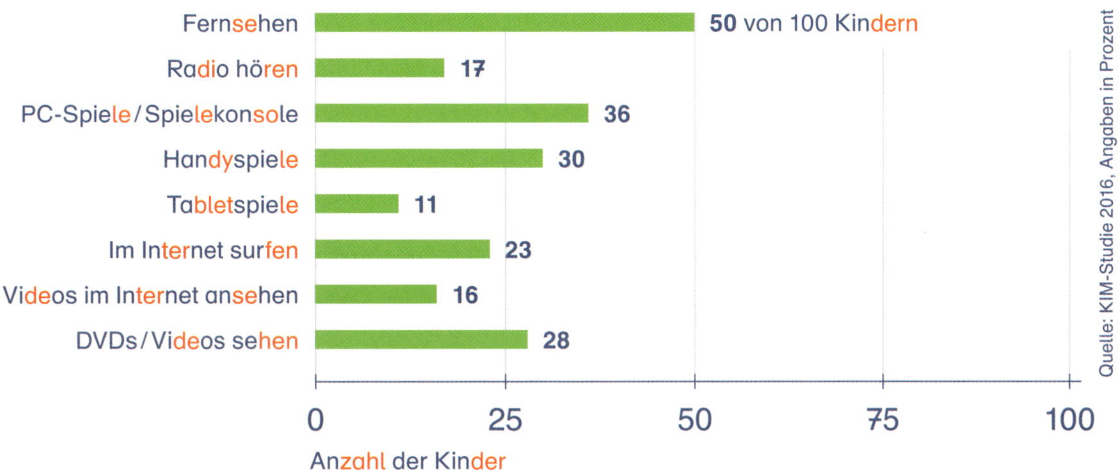

1. Schau dir das Schaubild an – allein oder mit einem Partner.
   - Welche Medien nutzen Kinder?
   - Was ist bei Kindern besonders beliebt?
   - Handy oder Tablet – was nutzen Kinder mehr?
2. Welche Medien nutzt ihr? Erstellt ein Schaubild für eure Klasse.

Frau Quan schreibt Briefe

Frau Quan ist fit in EDV.
Sie kennt das Internet genau,
kann surfen, chatten, Mailbox leeren,
per Fax mit aller Welt verkehren.
Geschäftlich nutzt sie den PC,
denn das ist schließlich ihr Metier*.

Doch wenn es um Privates geht,
dann hält sie nichts von dem Gerät.
Dann schreibt sie Briefe mit der Hand.
Die werden mit der Post versandt
und treffen sehr viel später ein,
doch, sagt sie, so viel Zeit muss sein.

Ihre beste Freundin Kitty
lebt weit weg in Kansas City
und Frau Quan schreibt häufig ihr
mit lila Tinte auf Papier,
das sie mit Comicstrips verziert,
mit bunten Stickern dekoriert.

In Kittys Briefen klebt am Rand,
was Kitty am Missouri fand:
gepresste Blumen oder Pflanzen,
über denen Mücken tanzen,
die Kitty hingezeichnet hat
als Gruß aus ihrer Kansasstadt.

 S. 165

* Metier (sprich: Me-tjee): Beruf

Frau Quan hat solche Briefe gern.
„Hier kommt ins Haus, was sonst so fern.
Ich kann es riechen und berühren,
kann die Missouripflanzen spüren,
und Freundin Kitty ist mir nah,
als wäre sie tatsächlich da.“

Natürlich braucht der Briefverkehr
mehr Zeit und fällt drum manchem schwer.
„Ich spare Zeit“, sagt sich Frau Quan,
„damit ich sie genießen kann.
Und Briefe schreiben, Briefe kriegen
ist eines meiner Topvergnügen.“

Irmela Brender

1. Lies das Gedicht. Welche Wörter verstehst du nicht?
   Frage nach oder informiere dich im Lexikon oder Internet.
2. Beantworte die Fragen:
   - Wie nutzt Frau Quan den PC (Computer)?
   - Warum schreibt sie ihrer Freundin Briefe von Hand?
3. Lerne eine oder mehrere Strophen auswendig.
4. Wem möchtest du einen Brief schreiben?
   Schreibe den Brief in deiner schönsten Schrift.
   So kannst du den Brief beginnen:

   Liebe/Lieber ...,
   heute habe ich an dich gedacht. Wie geht es dir?

• In der Bibliothek

Senden An... Lukas@...
Betreff: Ausflug in die Bibliothek

Lieber Lukas,
wir waren gestern in der Stadtbibliothek.
Dort gibt es viele Bücher: Bilderbücher,
Märchen, Comics, Romane, Sachbücher …
Mit einem Ausweis für die Bibliothek kannst du auch
Zeitschriften, CDs, Spiele, Filme und CD-ROMs ausleihen.

Damit man die Bücher im Regal schneller findet,
haben sie eine Signatur auf dem Buchrücken.
Die Zahl steht für das Sachgebiet (zum Beispiel „Tiere“),
die Buchstaben für den Nachnamen des Autors.
Der Computer hilft, nach einem bestimmten Buch zu suchen.
Ich freue mich schon, mit dir in die Bibliothek zu gehen.

Liebe Grüße und gute Besserung
Dein Simon

1. Wie sicher kannst du den Text lesen? ☺ 😐 ☹
2. Welche Wörter möchtest du noch üben?
3. Worum geht es im Text? Erzähle.
4. Schaffst du es auch, Lesestufe 2 zu lesen?

•• In der Bibliothek

Senden An... Lukas@...

Betreff: Ausflug in die Bibliothek

Lieber Lukas,
schade, dass du in der Stadtbibliothek nicht mit dabei sein konntest. Bilderbücher, Märchen, Comics, Romane, Sachbücher … – du findest dort alles! Mit einem Bibliotheksausweis kannst du auch Zeitschriften, CDs, Spiele, Filme und CD-ROMs ausleihen. Wir haben gestern eine richtige Rallye durch die Bibliothek gemacht. Die Kinderbuchabteilung ist nach Altersgruppen der Leser sortiert.

Damit man die Medien im Regal schneller findet, haben sie eine Signatur auf dem Buchrücken. Die Zahl kennzeichnet das Sachgebiet (zum Beispiel „Tiere“ oder „Märchen“), die Buchstaben stehen für den Nachnamen des Autors. Wenn du wieder gesund bist, zeige ich dir, wie du mit dem Computer nach Büchern suchen kannst.

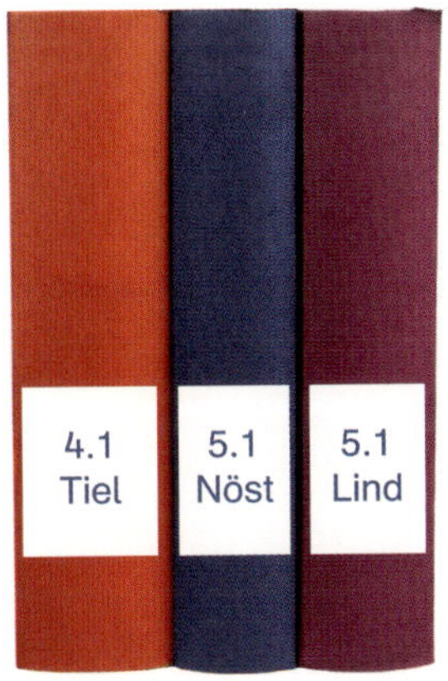

Liebe Grüße und gute Besserung
Dein Simon

1. Du kannst die Texte auch mit einem Partner üben. Wähle mit ihm gemeinsam eine E-Mail aus.
2. Stellt euch nach jedem Abschnitt Fragen zum Text: Wer, Was, Wo, Warum, Wie …?

Indian Summer

Viele Touristen besuchen im Herbst die Großen Seen in Amerika. Dort genießen sie den „Indian Summer“ – in dieser Zeit leuchten die Laubbäume in allen Rottönen. Warum das so ist? Die folgende Sage erzählt es dir.

Die Jagd auf den großen Bären

Es waren einmal vier Jäger. Sie waren Brüder. Eines Tages hörten sie, dass ein riesiger Bär ein Dorf bedrohte. Alle hatten große Angst. Kein Kind durfte mehr im Wald spielen. Die vier Jäger machten sich mit ihrem Hund auf den Weg. Hoch oben am Stamm einer großen Tanne entdeckten sie die tiefen Kratzspuren eines Bären. Der älteste Bruder sagte: „Das ist der gefährliche Riesenbär, von dem unsere Stammesältesten erzählen.“ Die Jagd begann! Der weiße Riesenbär flüchtete auf den Berg. Die Jäger verfolgten den Bären, fast ein Jahr lang.

S. 172 / 173
Fachwörter-Lexikon → Sage, S. 222

Endlich hatten sie ihn. Der Hund packte den Schwanz. Als der Bär sich umdrehte, traf ihn ein Jäger mit seinem Speer. Der Bär fiel tot zu Boden.

Die Brüder brieten sein Fleisch. Wie sie so aßen, bemerkten sie über und unter sich Sterne. Sie waren nicht mehr auf der Erde. Der Bär hatte die Jäger hinauf in den Himmel geführt. Plötzlich bellte der Hund. Der weiße Bär erwuchs neu aus den Knochen und flüchtete. Wieder begann die Jagd.

Sternbild „Großer Bär“

Siehst du den Bären am Himmel? Es ist das Sternbild „Großer Bär“. Im Herbst wird der Bär getötet, sein Blut verfärbt die Blätter der Bäume rot. Bald darauf wird der Bär wieder lebendig und die Jäger verfolgen ihn aufs Neue. Bis zum nächsten Herbst.

1. **Vor dem Lesen:** Worum könnte es im Text gehen? Lies die Überschrift. Schau dir auch die Bilder an.
2. Übe den Text, bis du ihn ohne Fehler vorliest. Du kannst auch mit einem Partner üben.
3. Was erzählt dir die Sage über die Jagd auf den Bären?
4. Male einen Indian Summer mit verschiedenen Rottönen.

Weihnachten – was wirklich zählt

Die Tiere stritten einmal,
was wohl das Wichtigste
an Weihnachten sei.

Fuchs: „Na klar, Gänsebraten.
Was wäre Weihnachten ohne Gänsebraten?“

Eisbär: „Schnee. Viel Schnee.
Weiße Weihnachten – wie schön!“

Reh: „Ich brauche aber einen Tannenbaum.
Sonst kann ich nicht Weihnachten feiern.“

Eule: „Aber nicht so viele Kerzen.
Schön schummrig und gemütlich muss es sein.
Stimmung ist die Hauptsache.“

Pfau: „Aber mein neues Kleid muss man sehen.
Wenn ich kein neues Kleid kriege,
ist für mich kein Weihnachten.“

Elster: „Und Schmuck!
Jedes Weihnachten bekomme ich was:
einen Ring, ein Armband.
Oder eine Brosche oder eine Kette.
Das ist für mich das Allerschönste an Weihnachten.“

Bär: „Na, aber bitte den Stollen nicht vergessen!
Das ist doch das Wichtigste.
Wenn es den nicht gibt und all die süßen Sachen,
verzichte ich auf Weihnachten.“

S. 174

Dachs: „Mach's wie ich.
Pennen, pennen, pennen.
Das ist das Wahre.
Weihnachten heißt für mich:
mal richtig pennen."

Ochse: „Und saufen.
Mal richtig einen saufen –
und dann pennen."

Esel: „Du Ochse, du,
denkst du denn nicht
an das Kind?"

Ochse: „Das Kind. Jaja, das Kind.
Das ist doch das Wichtigste.
Übrigens, wissen das
eigentlich die Menschen?"

Verfasser unbekannt

1. Lest den Text mit verteilten Rollen.
   Spielt die Tiere mit eurer Stimme nach.
2. Was ist für dich an Weihnachten wichtig? Warum?
   Sprecht in der Klasse darüber.
3. Spielt den Text als Rollenspiel. ⇢ Seite 213.
   Ihr könnt den Text auch als Theaterstück aufführen.

Januar

Wohin man schaut, nur Schnee und Eis,
Der Himmel grau, die Erde weiß;

Hei, wie der Wind so lustig pfeift,
Hei, wie er in die Backen kneift!

Doch meint er's mit den Leuten gut,
Erfrischt und stärkt, macht frohen Mut.

Ihr Stubenhocker, schämet euch,
Kommt nur heraus, tut es uns gleich.

Bei Wind und Schnee auf glatter Bahn,
Da hebt erst recht der Jubel an.

Robert Reinick (1805 bis 1852)

1. Lies das Gedicht – erst leise, dann noch einmal laut.
2. Was magst du am Winter? Was magst du nicht?
3. Was gefällt dir am Gedicht? Was gefällt dir nicht?
4. Trage das Gedicht vor – allein oder mit einem Partner. Betone wichtige Wörter.

Ein winterliches Gedicht

Erst gestern war es, denkst du daran?
Es ging der Tag zur Neige.
Ein böser Schneesturm da begann
und brach die dürren Zweige.

Der Sturmwind blies die Sterne weg,
die Lichter, die wir lieben.
Vom Monde gar war nur ein Fleck,
ein gelber Schein geblieben.

Und jetzt? So schau doch nur hinaus:
Die Welt ertrinkt in Wonne.
Ein weißer Teppich liegt jetzt aus.
Es strahlt und lacht die Sonne.

Wohin du siehst: Ganz puderweiß
geschmückt sind alle Felder.
Der Bach rauscht lustig unterm Eis.
Nur finster stehn die Wälder.

Alexander Sergejewitsch Puschkin (1799 bis 1837)

1. Lies das Gedicht mit einem Partner vor.
   Wechselt euch nach jeder Strophe ab.
2. Lerne das Gedicht auswendig und trage es vor.
3. Was will der Autor mit diesem Gedicht sagen?
   Vergleiche die erste mit der letzten Strophe.
4. Informiere dich im Internet über den Autor.

Lesetipp 8 → S. 203 Fachwörter-Lexikon → Autor, S. 220 Im Internet informieren → S. 215 S. 175

Narren-Lexikon

A wie Aschermittwoch

Mit dem Aschermittwoch endet das Narrentreiben. Die Fastenzeit beginnt. Sie dauert 40 Tage und endet an Ostern.

B wie Brauchtum

Die Wurzeln der Fastnacht liegen vermutlich im Mittelalter. Bereits vor über 800 Jahren verkleideten sich Menschen und zogen mit Masken los.

F wie „Fünfte Jahreszeit“

Bunte Kleider, laute Musik, gemeinsam tanzen – die närrische Zeit ist für viele eine Art „Ausnahmezustand“.

H wie Hexe

Hexenkostüme samt Holzmasken gibt es seit rund 80 Jahren, vor allem bei der schwäbisch-alemannischen „Fasnet“.

K wie Karneval

Je nach Gegend spricht man auch von „Fasching“, „Fasnet“, „Fasent“ oder „Fastnacht“. Das Wort steht für die Zeit der närrischen Tage. Sie beginnt am 11. November um 11.11 Uhr und dauert bis Fastnachtsdienstag. Auch in anderen Ländern gibt es berühmte Karnevale.

N wie Narrenruf

Die Narren begrüßen sich mit Narrenrufen: „Helau“, „Narri, Narro“, „Alaaf“ und „Ahoi“ sind am bekanntesten.

R wie Rosenmontag

Am Rosenmontag ziehen Menschen verkleidet und mit geschmückten Wagen durch die Straßen. Sie machen viel Krach und Radau. Rosenmontag kommt von „rasender“ (wilder) Montag.

S. 176

Narren feiern überall

Fastnachtssprüche und Narrenrufe

Hoorig, hoorig, hoorig isch de Hund!
Und wenn de Hund it hoorig ischt,
no ischt er au it g'sund!
Radolfzell, Bodenseekreis

Geizig, geizig, geizig isch dr Beck.
Ond wenn er net so geizig wär,
no gäb er au a Bombole her!
Stuttgarter Raum

Kölle Alaaf (Köln über alles)!

Hummel, Hummel –
Mors, Mors!
Hamburg

1. Stellt euch Fragen zum Narren-Lexikon (Seite 184):
   Wer, Was, Wo, Warum, Wie …?
2. Lies die Fastnachtssprüche und Narrenrufe. (Seite 185)
   - Welche Dialekte kennst du?
   - Welche Wörter verstehst du nicht?
3. Feierst du gern Fastnacht?
   Was gefällt dir gut? Was gefällt dir nicht so gut?

Narren feiern überall

Einladung zur Kinder-Fastnachtsparty

Wir laden dich ein, mit uns zu feiern!

Wann? Montag, 3. Februar, 14 bis 17 Uhr

Wo? Turnhalle der Grundschule Neustadt

Was? Es wartet ein tolles Programm auf dich:

- fetzige Musik
- Essen und Trinken
- Tombola
- Kinderschminken
- und viele Spiele

1. Lies den Text – allein oder mit einem Partner.
2. Stellt euch Fragen zum Text:
   Wer, Was, Wo, Wann, Wie …?

A Die Fastnachtsparty findet nicht am Donnerstag statt.

B Die Kinder dürfen sich auf einen Tanzwettbewerb freuen.

C Nur Eltern und Großeltern sind zur Party eingeladen.

D Bis zum späten Abend darf gefeiert werden.

E Die Turnhalle wird nicht nur für den Sportunterricht genutzt.

3. Lies genau. Welche Sätze stimmen?

S. 177

Die vier Brüder

Vier Brüder geh'n jahraus, jahrein im ganzen Jahr spazieren;
doch jeder kommt für sich allein, uns Gaben zuzuführen.

❶ **Der Erste** kommt mit leichtem Sinn,
in reines Blau gehüllet,
streut Knospen, Blätter, Blüten hin,
die er mit Düften füllet.

❷ **Der Zweite** tritt schon ernster auf
mit Sonnenschein und Regen,
streut Blumen aus in seinem Lauf,
der Ernte reichen Segen.

❸ **Der Dritte** naht mit Überfluss
und füllet Küch' und Scheune,
bringt uns zum süßesten Genuss
viel Äpfel, Nüss' und Weine.

❹ Verdrießlich braust **der Vierte** her,
in Nacht und Graus gehüllet,
zieht Feld und Wald und Wiesen leer,
die er mit Schnee erfüllet.

Karoline Stahl (1776 bis 1837; gekürzt)

1. Lies das Gedicht. Wer sind die vier Brüder?
2. Was bringen die Brüder mit? Schreibe Stichwörter.
3. Spielt den Text als Rollenspiel.
   Einer liest, die anderen spielen die vier Brüder.

Er ist's

Frühling lässt sein blaues Band
Wieder flattern durch die Lüfte;
Süße, wohlbekannte Düfte
Streifen ahnungsvoll das Land.

Veilchen träumen schon,
Wollen balde kommen.
Horch, von fern ein leiser Harfenton!
Frühling, ja du bist's!
Dich hab ich vernommen!

Eduard Mörike (1804 bis 1875)

1. **Vor dem Lesen:** Woran denkst du bei „Frühling"? Schreibe Stichwörter.
   - Was fühlst du?
   - Was siehst du?
   - Was hörst du?
   - Was riechst du?
2. Lies das Gedicht – allein oder mit einem Partner. Wie kündigt sich der Frühling an?
3. Lerne das Gedicht auswendig und trage es vor.

S. 178

Lesetipp 6 → S. 201

Lesetipp 8 → S. 203

Frühlingswünsche

Die alten Blätter sind verweht,
die Bäume kriegen junge.
Die Amsel pfeift im Haselbusch
und schnalzt mit ihrer Zunge.

Der letzte Schnee tropft von dem Dach
in unsere Regentonne.
Die Katze auf der Fensterbank
genießt die Morgensonne.

Die braunen Gräser recken sich
und kriegen grüne Spitzen
– und mittags kann der Großpapa
schon mal im Garten sitzen.

Wie frisch gewaschen ist die Luft,
statt Schnee fiel wieder Regen.
Wenn's morgen doch schon Sommer wär!
– Wir hätten nichts dagegen.

Eva Rechlin (1928 bis 2011)

1. Übe das Gedicht, bis du es ohne Fehler vorliest.
   Du kannst den Text auch mit einem Partner lesen.
2. Welche Frühlingswünsche entdeckst du im Gedicht?
3. Was wünschst du dir vom Frühling? Erzähle.

Ich bin der Juli

Grüß Gott! Erlaubt mir, dass ich sitze,
ich bin der Juli; spürt ihr die Hitze?

Kaum weiß ich, was ich noch schaffen soll,
die Ähren sind zum Bersten voll;
reif sind die Beeren, die blauen und roten,
saftig sind Möhren und Bohnen und Schoten.

So habe ich ziemlich wenig zu tun,
darf mich ein bisschen im Schatten ruhn.
Duftender Lindenbaum,
rausche den Sommertraum!

Seht ihr die Wolke? Fühlt ihr die Schwüle?
Bald bringt Gewitter Regen und Kühle.

Paula Dehmel (1862 bis 1918)

1. Im Gedicht wird der Juli beschrieben.
   Was hat er alles geschafft?
2. Trage das Gedicht vor – allein oder mit einem Partner.
   Sprich deutlich und betone wichtige Wörter.

Sommerregen

Die Bäume sind nass
vom Kopf bis zum Zeh.
Ich wandere barfuß
durch die Allee.

Die Wiese ist sumpfig,
der Weg ist ein Bach,
es trommeln die Tropfen
aufs Gartenhausdach.

Ich wandere barfuß.
Das Gras kitzelt so.
Was ich hier mache?
Nass sein und froh!

Georg Bydlinski

1. Worum geht es im Gedicht? Erzähle.
2. Im Gedicht wird der Sommerregen beschrieben.
   - Hast du das auch schon erlebt?
   - Woran erinnerst du dich?
3. Gestalte den Sommer als Klanggedicht.
   Nutze Instrumente oder andere Materialien.
   Überlege dir zu den Zeilen passende Geräusche.
   Beispiel: gurgelnder Bach, Regen …

Garten

Ich sitze im Gras und schweige.
Der Himmel ist blau wie das Meer.
Der Wind bewegt die Zweige,
sie schwingen leicht, hin und her.

Ich bin nicht allein, denn ich sehe
den Wind, der im Kirschgeäst schaukelt,
den Schmetterling, der in der Nähe
ganz langsam vorübergaukelt.

Ich höre die Amseln und Stare.
Ich sehe die Käfer im Kraut.
Der Wind bewegt meine Haare,
die Sonne berührt meine Haut.

Georg Bydlinski

1. Lies das Gedicht laut und betont vor.
2. Male ein Bild zum Gedicht.
   Auf Seite 211 findest du noch weitere Ideen,
   was du mit dem Gedicht alles machen kannst.
3. Was weißt du über den Autor Georg Bydlinski?
   Informiere dich auf Seite 216 und im Internet.

Ein Akrostichon schreiben

Bei einem **Akrostichon** bilden die Buchstaben am Anfang jeder Zeile von oben nach unten ein Wort.

Sommer

S ommer, du bist jetzt im Land;
O hne Kälte im Gewand
M it erhöhten Thermometern
M achst du selbst aus Miesepetern
E ndlich schön, ich sag's dir heute,
R ichtig gutgelaunte Leute!

Helga Kurowski

Die Zeilen müssen sich nicht reimen. Sie können auch nur aus einem Wort bestehen.

S onnenmilch
O bstsalat
M eer
...

1. Schreibe zu einer Jahreszeit ein Akrostichon – allein oder mit einem Partner.
2. Gestaltet ein eigenes Buch mit Gedichten. Male und schreibe in deiner schönsten Schrift.

Das Schuljahr geht zu Ende ...

Text: Heinrich Herlyn, Musik: Trad.,
Bearb.: Heinrich Herlyn

1. Lernt in der Klasse zusammen das Lied und singt es.
   Ihr könnt es auch als vierstimmigen Kanon singen.

S. 182

Die Reisetasche

In der Reisetasche
ist die Reise und die Tasche.
In der Reise und der Tasche
ist der Reis und die Asche.
In dem Reis ist das Eis.
Dann ist in der Asche das Asch.
Im Eis ist auch das Ei
und mein Gedicht, das ist vorbei.

Lavinia Burkhardt

Wenn die Schnecke auf Urlaub geht

„Ich kann das Kofferschleppen nicht leiden,
ich packe nicht gerne ein und aus“,
sagte die kleine Schnecke bescheiden
und verreiste gleich mit dem ganzen Haus.

Christine Busta

1. Lies das Gedicht „Die Reisetasche“.
   Welche Wörter haben sich darin versteckt?
2. Das Gedicht „Die Reisetasche“ spielt mit Sprache.
   Erfinde ein eigenes Beispiel.
3. Lerne das Gedicht über die Schnecke auswendig
   und trage es vor.

Werkstatt: Lesetipps im Überblick

Tipp 1

Lesetipp 1 – Genau lesen

- Lass dir beim Lesen Zeit.
- Überlege nach jedem Satz, worum es geht.
- Frage nach, wenn du etwas nicht verstehst. Manchmal hilft es dir, unbekannte Wörter im Zusammenhang mit dem Text zu erschließen.
- Du kannst dich in Büchern informieren. Auch das Internet hilft dir weiter.

Beispiel: „Lernort Bauernhof“, Seite 8/9

1. Worum geht es im Text? Überlege.
2. Finde die Antworten im Text.
   - Welches Ausflugsziel möchte die Klasse 4 c besuchen?
   - Wie haben die Kinder sich darauf vorbereitet?
   - Woran erinnert sich Vanessa?
   - Was hat Malte und Anna gefallen?

3. Welche Wörter verstehst du nicht? Informiere dich in Büchern oder im Internet.
4. Erkläre die Begriffe:
   - Herdentiere
   - Koppel

S. 186
Im Internet informieren → S. 215

Lesetipp 2 – Gedichte laut lesen

Lies jedes Gedicht laut. Höre, wie es klingt.
Verstehst du, was das Gedicht dir sagen will?
Du kannst selbst auch Strophen erfinden.

Beispiel: „Uno, due, tre“, Seite 14

1. Die erste Strophe des Gedichts beginnt mit „Uno, due, tre“. Was heißt das auf Deutsch?

2. Der Ich-Erzähler geht mit Carlo zur Schule. Warum versteht er ihn am Anfang nicht?

3. Vergleiche Strophe 1 und 4. Was hat der Ich-Erzähler am Ende gelernt?

4. Warum wird am Anfang jeder Strophe gezählt?

5. Betone Strophe 3 und 4 so, dass andere verstehen, was das Gedicht sagen will.

Lesetipp 3 – Stichwörter schreiben

- Lies den Text ganz durch.
- Verstehst du etwas nicht?
  Frage nach oder schlage in Büchern nach.
- Überlege, worum es im Text geht.
  Stelle dazu Fragen:
  Wer, Was, Wo, Warum, Wie …?
- Schreibe für jeden Abschnitt Stichwörter
  oder einen kurzen Satz.
  Fett gedruckte Wörter im Text können dir helfen.

Beispiel: „Feuer als Naturgewalt“, Seite 28/29

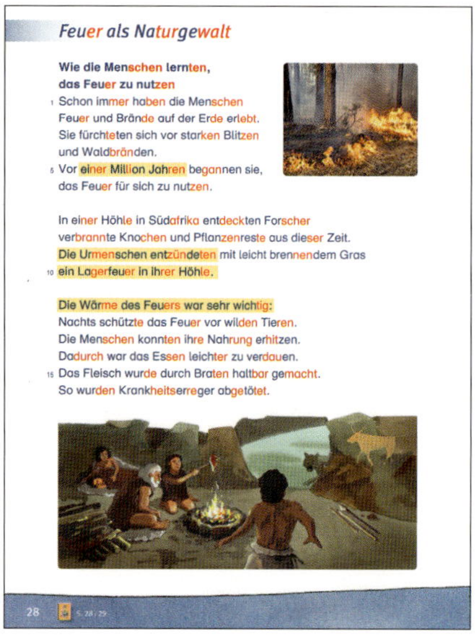

Feuer als Naturgewalt

Wie die Menschen lernten, das Feuer zu nutzen

Schon immer haben die Menschen Feuer und Brände auf der Erde erlebt. Sie fürchteten sich vor starken Blitzen und Waldbränden. Vor einer Million Jahren begannen sie, das Feuer für sich zu nutzen.

In einer Höhle in Südafrika entdeckten Forscher verbrannte Knochen und Pflanzenreste aus dieser Zeit. Die Urmenschen entzündeten mit leicht brennendem Gras ein Lagerfeuer in ihrer Höhle.

Die Wärme des Feuers war sehr wichtig: Nachts schützte das Feuer vor wilden Tieren. Die Menschen konnten ihre Nahrung erhitzen. Dadurch war das Essen leichter zu verdauen. Das Fleisch wurde durch Braten haltbar gemacht. So wurden Krankheitserreger abgetötet.

28 S. 28/29

Feuer als Naturgewalt

- Seit einer Million Jahren nutzen Menschen Feuer.
- Urmenschen entzündeten ein Feuer in der Höhle.
- Die Wärme des Feuers wurde genutzt.
- …

Bitte markiere nichts im Lesebuch.

Tipp: Du kannst die Stichwörter auch für einen Vortrag nutzen.

S. 187

Lesetipp 4 – Überschrift beachten

- **Vor dem Lesen:** Lies die Überschrift.
  Sie verrät dir viel über den Inhalt der Geschichte.
- **Nach dem Lesen:** Denke noch einmal
  an die Überschrift.
  Kannst du den Text jetzt besser verstehen?

Beispiel: „Zwei Augenbrauen sind besser als eine“, Seite 42/43

1. **Vor dem Lesen:**
   - Worum könnte es im Text gehen?
   - Warum sind Augenbrauen wichtig?

2. **Nach dem Lesen:**
   Denke noch einmal an die Überschrift.
   - Was ist Indie passiert?
   - Was wirft die Mutter Indie vor?
   - Wie schafft es Kati, Indie zu trösten?

3. Wie wichtig sind für dich Aussehen und Kleidung? Erzähle.

Lesetipp 5 – Bilder zum Text beachten

Schau dir die Fotos und Bilder zum Text an.

- Sie verraten dir viel über die Geschichte – zum Beispiel über den Ort der Geschichte und über die Personen.
- Du siehst auch, ob der Text wahr oder erfunden ist (zum Beispiel Märchen).

Beispiel: „Die Veilchentasse“, Seite 60 – 62

1. Schau dir das Bild rechts an.
   Was verrät es dir über …
   - das Mädchen,
   - das Zimmer,
   - die Dinge im Schrank?

2. Marlies sitzt am Bett ihrer Oma.
   Was könnte sie denken und fühlen?

3. Was meinst du: Ist die Geschichte wahr oder erfunden?

S. 188

Lesetipp 6 – Eigenes Wissen einbringen

Was weißt du über das Thema –
aus Büchern, aus dem Internet und Fernsehen?
Hast du eigene Erfahrungen?
Dein Wissen kann auch anderen helfen.

Beispiel: „Mädchentore zählen doppelt“, Seite 72–74

1. Was weißt du über diese Themen?
   Hast du eigene Erfahrungen?
   - Mädchen und Fußball
   - Ballsportarten für Kinder

2. Was denkst du darüber?
   Welche Erfahrungen
   hast du gemacht?
   - Jungen spielen
     besser Fußball
     als Mädchen.
   - Mädchen sind gut in Deutsch –
     Jungen sind gut in Mathe.
   - Mädchen spielen mit Puppen –
     Jungen spielen mit der Eisenbahn.

3. Welche Vorurteile
   über Jungen und Mädchen
   kennst du noch?

S. 189

Lesetipp 7 – Einen Text gliedern

- Lies einen längeren Text in Abschnitten.
- Schreibe zu jedem Abschnitt eine Überschrift. So erhältst du einen Überblick über den Text.
- Du kannst auch Stichwörter schreiben. Fett gedruckte Wörter im Text helfen dir dabei. Sie zeigen, worum es im Text geht.

Beispiel: „Marco Polo“, Seite 94/95

1. Schreibe zu jedem Abschnitt eine Überschrift (**A**, **B**, **C**).
2. Schreibe darunter Stichwörter oder einen kurzen Satz.

A Marco Polo
- ein reicher Händler aus Venedig
- bekannt durch seinen Reisebericht

B Beginn der Reise
- mit 17 Jahren Reise nach China, zusammen mit seinem Vater

C Über die Seidenstraße nach China
- auf dem Landweg nach China, da es kein brauchbares Schiff gibt
- entlang der Sandwüste

3. Du kannst die Stichwörter auch für einen Vortrag nutzen.

Lesetipp 8 – Ein Gedicht auswendig lernen

So kannst du ein Gedicht auswendig lernen:

- Sprich den Text laut mit.
- Überlege, worum es in den Strophen geht.
- Schreibe für jede Zeile ein Stichwort auf, zum Beispiel das erste und das letzte Wort.
- Du kannst auch für jede Zeile etwas malen.
- Decke mit einem Blatt immer mehr Hilfen ab, bis du das Gedicht auswendig kannst.

Beispiel: „Besuch“, Seite 122

War	ein Ries’	bei mir	zu Gast
sieben	Meter		er fast,
hat	er nicht	ins 	gepasst,
saßen	wir	im  .	

1. Lerne eine oder mehrere Strophen auswendig.
2. Trage das Gedicht auswendig in der Klasse vor – allein oder mit einem Partner.

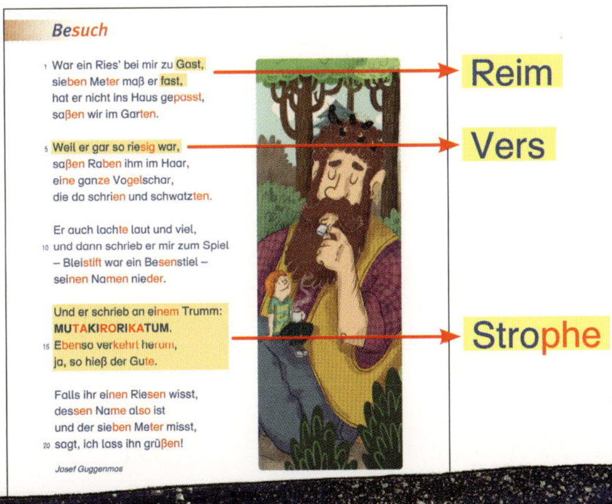

Besuch

War ein Ries’ bei mir zu Gast,
sieben Meter maß er fast,
hat er nicht ins Haus gepasst,
saßen wir im Garten.

Weil er gar so riesig war,
saßen Raben ihm im Haar,
eine ganze Vogelschar,
die da schrien und schwatzten.

Er auch lachte laut und viel,
und dann schrieb er mir zum Spiel
– Bleistift war ein Besenstiel –
seinen Namen nieder.

Und er schrieb an einem Trumm:
MUTAKIRORIKATUM.
Ebenso verkehrt herum,
ja, so hieß der Gute.

Falls ihr einen Riesen wisst,
dessen Name also ist
und der sieben Meter misst,
sagt, ich lass ihn grüßen!

Josef Guggenmos

S. 191

Tipp 9

Lesetipp 9 – Tipps zum Vorlesen

Sprich beim Vorlesen deutlich.
Mache nach jedem Satz eine Pause.

.	Punkt	↘	Stimme nach unten
,	Komma	↗	Stimme nach oben
?	Frage	↗	Stimme nach oben
!	Ausruf		Deine Stimme wird lauter.

Beispiel: „Wenn dich ein Löwe nach der Uhrzeit fragt“, Seite 140–143:

Lies die Beispielsätze laut vor.
Betone wichtige Wörter.
Die Satzzeichen helfen dir.

Zeile 11:
Plötzlich hört er ein lautes Geschrei. → Mache eine kleine Pause.

Zeile 34:
„Hier kommt keiner rein!“ → Sprich lauter!

Zeile 41:
„Na, was willst du von uns,
mein Junge?“ → Gehe mit der Stimme nach oben.

Werkstatt: Ein Lerntagebuch führen

In ein Lerntagebuch kannst du schreiben,
was du gelernt hast.

Du kannst dich fragen:

- Konnte ich den Text sicher lesen?
- Worum geht es im Text?
- Konnte ich die Aufgaben zum Text lösen?
- Was will ich noch üben?

Mit diesen **Zeichen** kannst du dich selbst einschätzen:

Das kann ich sehr gut.

Das mache ich meistens richtig.

Das muss ich noch üben.

Beispiel für ein Lerntagebuch:

Die neue Klasse, Seite 10/11 Datum: 24. September

- Ich kann die Texte sicher lesen.
- Beim ersten Mal habe ich nicht alles verstanden.
- Ich habe Max kennengelernt.
  Er wird von den Kindern in seiner Klasse ausgelacht,
  weil er mit seiner Mutter in einem Altersheim wohnt.
- Aufgabe 2 ist mir leichtgefallen.
- Ich muss noch üben, den Text vorzulesen.

S. 193

Werkstatt: Einen Text zusammenfassen

1. Lies den Text – allein oder in einer Lesekonferenz. ⇢ Seite 207

2. Lerne den Text jetzt Schritt für Schritt kennen:
   - Lies die Überschrift. Schau dir die Fotos und Bilder an.
   - Teile einen längeren Text in Abschnitte ein.
   - Finde für jeden Abschnitt eine Überschrift.
   - Schreibe wichtige Wörter oder Sätze aus dem Abschnitt auf.

3. Überlege nach jedem Satz, ob du ihn verstanden hast.
   - Frage nach, wenn du etwas nicht verstehst.
   - Stelle W-Fragen zum Text:
     Wer, Was, Wo, Warum, Wie ...?
   - Du kannst auch ein Schaubild zum Text gestalten.

4. Stelle deine Zusammenfassung in der Klasse vor.
   Deine Stichwörter oder dein Schaubild helfen dir.

Beispiel: „Parzival und die Ritter der Tafelrunde“, Seite 58/59

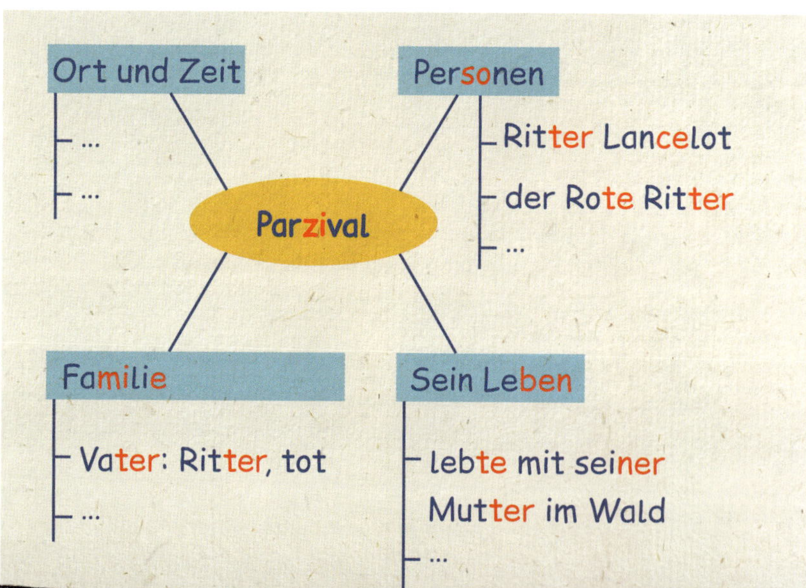

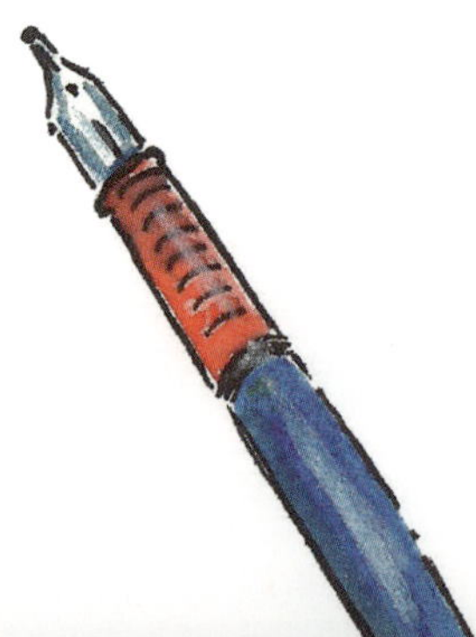

Werkstatt: Eine Lesekonferenz durchführen

In der Lesekonferenz könnt ihr über einen Text sprechen.

- Legt einen Sprecher/eine Sprecherin fest. Er/sie sorgt dafür, dass jeder zu Wort kommt und die Aufgaben durchgeführt werden.
- Ein Schreiber/eine Schreiberin führt das „Protokoll“. Er/sie notiert in Stichwörtern, was besprochen wird.

1. Vor dem Lesen

- Schaut euch die Bilder oder Fotos zum Text an. Was verraten sie über den Inhalt? Was sagt euch die Überschrift?

2. Während des Lesens

- Lest den Text still. Markiert wichtige Wörter auf einer Kopie.
- Fragt nach, wenn ihr etwas nicht versteht. Ihr könnt in einem Wörterbuch nachschlagen. Auch das Internet hilft euch weiter.

3. Nach dem Lesen

- Sprecht über den Text: Wie gefällt er euch? Was ist interessant, lustig, traurig, spannend …?
- Lest euch Textstellen vor, die euch gut gefallen.
- Fasst mit dem Protokoll euer Gespräch zusammen: Worum geht es im Text? Was denkt ihr darüber?

S. 195

Werkstatt: Ein Lesetagebuch führen

Deine Gedanken und Ideen zum Text kannst du
in ein Heft schreiben.
Das hilft dir, über den Text zu sprechen.

Ideen für dein Lesetagebuch

Du kannst ...

- den Text mit eigenen Worten erzählen.
- Steckbriefe zu Personen im Text schreiben.
- Textstellen abschreiben, die du schön, spannend, traurig, lustig oder wichtig findest.
- deine Meinung zum Text aufschreiben.
- Bilder zum Text malen.
- einer Person aus dem Text einen Brief schreiben.
- aus der Sicht einer Person schreiben, die im Text vorkommt.

Beispiel: „Tsozo“, Seite 50–53

Liebe Oma! 24. Mai
Wir haben erst gestern miteinander telefoniert.
Aber ich vermisse dich und muss an dich denken.
Unser Haus, der Fußballplatz und meine Freunde
fehlen mir sehr. Hier ist alles so anders.
In der neuen Sprache habe ich neue Wörter gelernt:
ich, du, heißen, wir, zwei und Fußball.

Viele Grüße von Tsozo

S. 196

Werkstatt: Ein Buch vorstellen

Welches Buch gefällt dir gut? Stelle es in der Klasse vor.
Schreibe Stichwörter zu deinem Buch.

- Wie heißt das Buch?
- Wer hat das Buch geschrieben?
- Worum geht es in dem Buch?
- Wer kommt in dem Buch vor?
- Wo und wann spielt die Geschichte?
- Warum hat dir das Buch gefallen?
- Wem würde dein Buch gefallen?

Welche Stelle im Buch findest du toll?
Lies sie den anderen Kindern vor.

Lesekiste

Du kannst zu deinem Buch auch eine Lesekiste
aus einem Schuhkarton basteln.

So geht es:

- Schreibe auf den Deckel, wie dein Buch heißt und wer es geschrieben hat.
- Klebe Bilder und Fotos auf.
- Lege Dinge in den Karton, die zur Geschichte passen.
- Schreibe in Stichwörtern auf, was du zum Buch sagen willst.

S. 197

Werkstatt: Mit Texten kreativ umgehen

Du kannst zu Texten erzählen, malen und schreiben.
So entstehen neue Geschichten und du lernst den Lesetext noch einmal besser kennen.

Du kannst zu einem Text ...

- ein Bild malen oder etwas basteln.
- einen Comic mit Sprechblasen malen.
- ein Hörbuch mit Geräuschen erstellen.
- ein Rollenspiel schreiben.
- eine Fortsetzung schreiben oder dir ein neues Ende ausdenken.
- einen anderen Text schreiben (Beispiel: Märchen, Brief, Tagebucheintrag, Interview).
- ein Theaterstück aufführen. (Seite 213)
- ein Plakat gestalten.

Beispiel: „Galileo Galilei erforscht die Sterne“, Seite 100–103

Einen Steckbrief zu einer Person schreiben

Steckbrief

Name:	Galileo Galilei
geboren:	1564 in Pisa
gestorben:	1642 in Florenz
Beruf:	Mathematiker, Astronom
erfunden:	Fernrohr
entdeckt:	Jupitermonde, Saturnringe

S. 198
Fachwörter-Lexikon → Steckbrief, S. 222

Werkstatt: Kreativ mit Gedichten umgehen

Du kannst ein Gedicht …

- lesen und mit Betonung vortragen.
- mit Instrumenten und klingenden Materialien umsetzen.
- mit Bildern und Schrift gestalten.
- selbst schreiben – von Hand oder am Computer.
  Ideen für Gedichte siehst du hier und auf Seite 193.

Ein **Avenida** besteht aus drei Wörtern.
Diese wiederholen sich nach einem bestimmten Muster.

A	Sonne
A/B	Sonne und Regen
B	Regen
B/C	Regen und Wolken
A	Sonne
A/C	Sonne und Wolken
A/B/C	Sonne und Regen und Wolken
D	Regenbogen

Ein **Bildgedicht** besteht aus Wörtern oder Buchstaben.
Diese stellen ein Bild dar oder veranschaulichen das Gedicht.

Ein Akrostichon schreiben → S. 193

S. 199

Werkstatt: Mit verteilten Rollen lesen

Texte könnt ihr auch mit verteilten Rollen lesen.

Beispiele:

- Ausreden in der Schule, Seite 19
- Lesetraining, Seite 24/25 und Seite 80/81
- Rumpelstilzchen, Seite 114–117
- Weihnachten, Seite 180/181

1. Die Lehrerin teilt die Klasse in Gruppen ein.
2. Jede Gruppe liest ihren Text erst einmal gemeinsam.
3. Wer sagt was? Verteilt die Rollen.
4. Übt nun eure Rollen.
5. Zum Schluss lesen alle ihren Text vor. Schätzt euch gegenseitig ein.

Rumpelstilzchen

E.: Erzähler — Mü.: Müller — K.: König
T.: Tochter/Königin — Mä.: Männlein

Szene 1: Die Müllerstochter beim König

E.: Es war einmal ein armer Müller.
Der hatte eine schöne Tochter.
Der Müller machte sich vor dem König wichtig:

Mü.: Ich habe eine Tochter. Sie kann Stroh zu Gold spinnen.

K.: Das gefällt mir. Bring deine Tochter auf mein Schloss.
Ich will sie auf die Probe stellen.

E.: Als die Müllerstochter zum König kam,
führte er sie in eine Kammer voller Stroh.
Ein Spinnrad war auch da.

K.: Bis morgen früh musst du dieses Stroh zu Gold spinnen.
Tust du das nicht, bestrafe ich dich und deinen Vater,
weil er mich belogen hat.

E.: Der König schloss die Kammer ab.
Vor Angst begann die Müllerstocher zu weinen:

T.: Ach, hätte mein Vater den König nicht belogen!
Er wird uns bestrafen.

114

Wie haben euch die Vorträge gefallen?

Gruppe	spricht deutlich	liest betont	liest sicher	schaut alle an	Punkte
Gruppe 1	☻ ☻ ☺	☻ ☻ ☻	☻ ☻ ☺	☻ ☻ ☻	10
Gruppe 2	☻ ☺ ☺	☺ ☺ ☺	☻ ☻ ☺	☺ ☺ ☺	3

Werkstatt: Texte aufführen

Texte mit verschiedenen Rollen könnt ihr auch als Theaterstück aufführen, zum Beispiel beim Klassenfest.

Beispiel: „Rumpelstilzchen“, Seite 114–117

1. Lest zuerst den Text.
   Auf einer Kopie könnt ihr eure Sprecherrolle markieren.
2. Überlegt gemeinsam:
   - Wer kommt im Text vor?
   - Wie soll jede Rolle gesprochen werden?
     (laut, leise, unsicher, bestimmt, langsam, schnell)
   - Wie sieht die Bühne aus?
   - Welche Kostüme und Gegenstände braucht ihr?
3. Übt gemeinsam:
   - Wer muss wann etwas sagen?
   - Wie bewegen sich die Sprecher?
4. Spielt den anderen die Geschichte vor.

Ach, hätte mein Vater den König nicht belogen!

S. 200

Werkstatt: Mit einem Partner lesen

Du kannst Texte auch mit einem Partner üben.
Wähle mit ihm gemeinsam einen Text aus.

1. Lest den Text beim **ersten Mal** gemeinsam halblaut.
   - Stolpert ihr beim Lesen? Dann klopft leise auf den Tisch.
   - Sprecht den Satz noch einmal gemeinsam.
2. Lest den Text zum **zweiten Mal**. Lest die Sätze nun im Wechsel.
3. Lest den Text ein **drittes Mal** – jetzt wieder gemeinsam.
4. Wie sicher bist du beim Lesen?
   - Schätze dich am Schluss ein.
   - Auch dein Partner schätzt dich ein.

Beispiel:
„Lesetraining – Lesen auf 2 Stufen“,
Seite 108/109

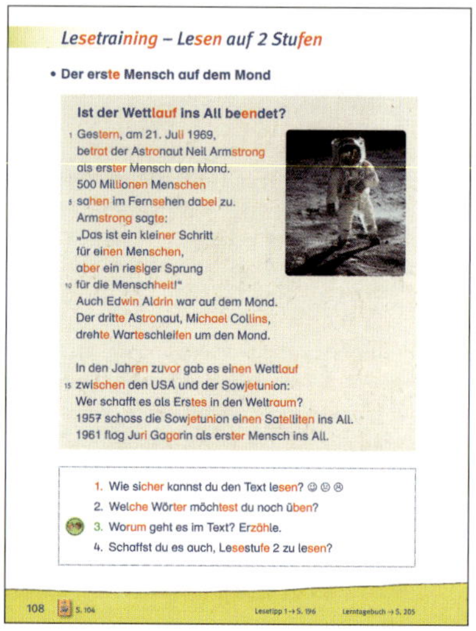
Lesetraining – Lesen auf 2 Stufen

- **Der erste Mensch auf dem Mond**

Ist der Wettlauf ins All beendet?

Gestern, am 21. Juli 1969,
betrat der Astronaut Neil Armstrong
als erster Mensch den Mond.
500 Millionen Menschen
sahen im Fernsehen dabei zu.
Armstrong sagte:
„Das ist ein kleiner Schritt
für einen Menschen,
aber ein riesiger Sprung
für die Menschheit!“
Auch Edwin Aldrin war auf dem Mond.
Der dritte Astronaut, Michael Collins,
drehte Warteschleifen um den Mond.

In den Jahren zuvor gab es einen Wettlauf
zwischen den USA und der Sowjetunion:
Wer schafft es als Erstes in den Weltraum?
1957 schoss die Sowjetunion einen Satelliten ins All.
1961 flog Juri Gagarin als erster Mensch ins All.

1. Wie sicher kannst du den Text lesen? ☺ 😐 ☹
2. Welche Wörter möchtest du noch üben?
3. Worum geht es im Text? Erzähle.
4. Schaffst du es auch, Lesestufe 2 zu lesen?

108 S. 104 Lesetipp 1 → S. 196 Lerntagebuch → S. 205

Lesepass für: Hanna

Datum: 18.9.	liest sicher	liest betont	Stolperwörter im Text
Hanna	😐	🙂	Astronaut, Armstrong, Sowjetunion
Partner	🙂	🙂	

Werkstatt: Im Internet informieren

Im Internet kannst du dich über ein Thema informieren.
Dort gibt es viel zu entdecken: Texte, Bilder und Filme.

Regeln für die Recherche im Internet

- Nutze Suchmaschinen für Kinder.
- Halte dich an die Aufgaben und Internetadressen von deiner Lehrerin.
- Gib bei deiner Suche passende Schlagwörter in die Suchmaschine ein.
- Bevor du den Link anklickst: Überprüfe die Seite. Es könnte Werbung sein.
- Bist du unsicher, ob die Seite für Kinder geeignet ist? Dann frage einen Erwachsenen.
- Stelle keine eigenen Daten ins Netz, zum Beispiel: deine Telefonnummer, Adresse und Passwörter.

Beispiel: „Baron von Münchhausen …“, Seite 110/111

Das will ich wissen:

- Wer war Münchhausen?
- Wann hat er gelebt?
- Gibt es noch mehr Lügengeschichten von Münchhausen?
- Welche Informationen sind noch interessant?

Kleine Autoren-Übersicht

Hier stellen sich bekannte Autorinnen und Autoren vor.
Ihre Bücher sind für Kinder und Jugendliche.

Irmela Brender

- lebte von 1935 bis 2017
- Geburtsort: Mannheim
- früherer Beruf: Journalistin, Lektorin im Verlag, Übersetzerin
- Bücher: Romane, Erzählungen und Gedichte für Kinder und Jugendliche

Text im Lesebuch:

- Frau Quan schreibt Briefe, Seite 174/175

Georg Bydlinski

- geboren: 1956
- Geburtsort: Graz (Österreich)
- Berufe: Autor, Übersetzer, Musiker
- Bücher: Romane, Kinderbücher, Gedichte (mit eigener Vertonung)

Texte im Lesebuch:

- Ausreden in der Schule, Seite 19
- Sommerregen, Seite 191
- Garten, Seite 192

Fachwörter-Lexikon --> Autorin/Autor, S. 220

Cornelia Funke

- geboren: 1958
- Geburtsort: Dorsten (Nordrhein-Westfalen)
- Berufe: Autorin, Illustratorin, Erzieherin
- bekannte Bücher: „Tintenherz“, „Die Wilden Hühner“, „Herr der Diebe“

Texte im Lesebuch:

- Klopoteks Boxer, Seite 124/125
- Mäuserettung, Seite 130/131
- Dachbodenluft schmeckt anders, Seite 150/151

Peter Härtling

- lebte von 1933 bis 2017
- Geburtsort: Chemnitz (Sachsen)
- Berufe: Redakteur, Autor
- bekannte Bücher: „Ben liebt Anna“, „Fränze“, „Das war der Hirbel“

Text im Lesebuch:

- Der Hase Theodor, Seite 132–134

Klaus Kordon

- geboren: 1943
- Geburtsort: Berlin
- Berufe: Kaufmann, Autor
- bekannte Bücher: „Der erste Frühling“, „Brüder wie Freunde“

Texte im Lesebuch:

- Klassenkeile, Seite 44–47
- Erstens, zweitens, drittens, Seite 66/67
- Der Menschenfresser, Seite 148/149

Mirjam Pressler

- lebte von 1940 bis 2019
- Geburtsort: Darmstadt
- Berufe: führte einen Jeansladen, Autorin, Übersetzerin
- bekannte Bücher: „Bitterschokolade“, Geschichten für Kinder, Jugendliche und Erwachsene

Text im Lesebuch:

- Die Veilchentasse, Seite 60–62

Ursula Wölfel

- lebte von 1922 bis 2014
- Geburtsort: Hamborn (Ruhrgebiet)
- Beruf: Sonderschullehrerin
- bekam für viele Bücher Preise
- bekannte Bücher:
  „Die grauen und die grünen Felder“,
  „Feuerschuh und Windsandale“

Text im Lesebuch:

- Hannes fehlt, Seite 16/17

Von welcher Autorin oder welchem Autor liest du gern Bücher?

Fachwörter-Lexikon

Fachwort	Was ist damit gemeint?
Abschnitt	Ein Abschnitt oder Absatz ist ein Teil eines Textes. Zwischen zwei Abschnitten ist eine leere Zeile.
Autorin / Autor	Der Autor hat den Text geschrieben, zum Beispiel für Bücher, Zeitschriften oder Zeitungen.
Beschreibung	In einer Beschreibung erfährst du genau, wie man etwas machen soll oder wie etwas aussieht. Du kannst zum Beispiel Gegenstände, Personen, Tiere, Bilder und Vorgänge beschreiben.
CD-ROM	Auf einer CD-ROM können Daten wie Texte, kurze Filme oder Musik gespeichert werden.
Comic	Ein Comic ist eine Bildergeschichte. In Sprechblasen steht, was die Figuren sagen. In Denkblasen steht, was sie denken.
Dialekt	Ein Dialekt ist die Art, wie jemand spricht, zum Beispiel bayrisch oder schwäbisch.
Dialog	Ein Dialog ist ein Gespräch zwischen zwei oder mehreren Personen.
Drehbuch	Ein Drehbuch enthält den Text und alle Anweisungen für einen Film oder ein Theaterstück.
E-Book	Ein E-Book ist ein elektronisches Buch. Man kann es auf einem Tablet oder Smartphone lesen.
E-Mail	Eine E-Mail ist eine elektronische Nachricht. Du kannst sie über einen Computer verschicken oder empfangen.
Fabel	Fabeln erzählen von Tieren, die sprechen können. Es sind kurze Geschichten, aus denen man etwas lernen kann.

S. 206 / 207

Fachwort	Was ist damit gemeint?
Gedicht	Ein Gedicht besteht aus Versen. Oft reimen sich diese Verse.
Geschichte	In einer Geschichte wird etwas erzählt. Du erfährst, was Personen oder Tiere tun und was passiert.
Homepage	Homepage ist der englische Begriff für die Startseite im Internet. Manchmal sind es auch mehrere Seiten.
Inhalts-verzeichnis	Ein Inhaltsverzeichnis gibt dem Leser einen Überblick über den Inhalt eines Buches.
Internet	Das Internet verbindet viele Computer auf der Welt. Jeder kann Informationen einstellen und abrufen.
Interview	Bei einem Interview werden Fragen gestellt und beantwortet.
Kapitel	Ein Kapitel ist ein Teil eines Buches. Kapitel haben oft eine Überschrift.
Lexikon	In einem Lexikon kannst du nachschlagen, was Dinge oder Wörter bedeuten.
Lügen-geschichte	In einer Lügengeschichte ist der Inhalt gelogen. Die Geschichte wird in der Ich-Form erzählt. Oft befindet sich der Erzähler auf einer Reise – wie zum Beispiel der Baron von Münchhausen.
Märchen	Märchen sind Geschichten, die nicht wahr sind. Es kommen oft Prinzessinnen, Zauberer, Hexen und andere Fantasiewesen vor. Märchen beginnen meist mit „Es war einmal …“.
Redensart	Eine Redensart ist ein fester Ausdruck. Damit lässt sich etwas bildlich ausdrücken. Beispiel: „Schwein haben“ (Glück haben)

Fachwörter-Lexikon

Fachwort	Was ist damit gemeint?
Reim	Zwei Wörter, die ähnlich klingen, bilden einen Reim. Beispiel: Zwerg – Berg, trinken – winken
Rezept	Ein Rezept (zum Beispiel Backrezept, Kochrezept) beschreibt genau, wie man eine Speise zubereitet.
Sachtext	In einem Sachtext werden Personen, Tiere oder Gegenstände dargestellt, ohne dass jemand schreibt, was er darüber denkt.
Sage	Sagen sind alte Geschichten. Sie erzählen von wirklichen Personen oder Orten. In Sagen kann auch Fantastisches vorkommen, zum Beispiel sprechende Tiere oder Zauberei.
Schaubild	Ein Schaubild ist eine Art Zeichnung, mit der Informationen anschaulich dargestellt werden.
Schwank	Ein Schwank ist eine lustige Erzählung. Er handelt von einer komischen Situation oder einem Streich. Die Erzählung hat oft ein überraschendes Ende. Ein Schelm wie Till Eulenspiegel überlistet andere.
Spalte	Ein Text kann in Textblöcken nebeneinanderstehen. Zeitungen haben oft Texte in Spalten.
Sprichwort	Ein Sprichwort ist ein kurzer Satz, der eine immer wieder gemachte Erfahrung im Leben ausdrückt. Beispiel: „Geteilte Freude ist doppelte Freude.“
Steckbrief	In einem Steckbrief findest du in Stichwörtern die wichtigsten Informationen zu einer Person, einem Gegenstand oder einem Tier.
Strophe	Eine Strophe ist ein Abschnitt in einem Gedicht/Lied.

Fachwort	Was ist damit gemeint?
Tabelle	Eine Tabelle besteht aus Spalten und Zeilen. Es werden Informationen übersichtlich dargestellt.
Titel	Den Namen eines Buches nennt man Titel.
Überschrift	Die meisten Texte haben eine Überschrift. Sie sagt, worum es im Text geht.
Verlag	In einem Verlag werden Bücher geplant/hergestellt. Der Name des Verlags steht vorn auf dem Buch.
Vers	Ein Vers ist eine Zeile eines Gedichts. Ganz oft steht am Ende ein Reimwort.
Zeile	Eine Reihe in einem Text nennt man Zeile.
Zeitungs- artikel	Ein Zeitungsartikel ist ein Text, der in einer Zeitung abgedruckt wird.
Zungen- brecher	Ein Zungenbrecher ist ein Satz, der schwierig auszusprechen ist. Er enthält oft ähnliche Wörter oder alle Wörter fangen mit dem gleichen Buchstaben an. Beispiel: „Blaukraut bleibt Blaukraut und Brautkleid bleibt Brautkleid.“

Literaturverzeichnis

S. 10/11 Die neue Klasse. Lisa-Marie Dickreiter/Winfried Oelsner, aus: „Max und die wilde Sieben. Das schwarze Ass“ (Band 1), Verlag Friedrich Oetinger, Hamburg 2014

S. 14 Uno, due, tre. Josef Reding, aus: „Gedichte für Anfänger“, Hrsg. Joachim Fuhrman, Rowohlt, Reinbek 1987

S. 16/17 Hannes fehlt. Ursula Wölfel, aus: „Die grauen und die grünen Felder“, Beltz & Gelberg, Weinheim/Basel 2014

S. 18 Nicht mit den Wölfen heulen. Wilfrid Grote, aus: „Die Erde ist mein Haus“, Beltz & Gelberg, Weinheim/Basel 1988

S. 19 Ausreden in der Schule. Georg Bydlinski, aus: „Das Gnu im linken Fußballschuh. Gedichte für neugierige Kinder“, Boje Verlag, Köln 2014

S. 20 Große Pause. Siggi Gsell, aus: „ABC und Tintenklecks. Gedichte für Kinder“, Hrsg. Ursula Remmers und Ursula Warmbold, Philipp Reclam jun. GmbH & Co.KG, Stuttgart 2013

S. 22/23 Herr Kratochwil kommt – fast – zu spät. Heinz Janisch, aus: „Herr Kratochwil kommt – fast – zu spät“, Verlag Jungbrunnen, Wien 2009

S. 32 Wasser! Antoine de Saint-Exupéry

S. 35 ebbe flut. Timm Ulrichs, aus: konkrete poesie. anthologie von eugen gomringer, Philipp reclam jun. GmbH & Co.KG, Stuttgart 2014

S. 42/43 Zwei Augenbrauen sind besser als eine. Karen McCombie, aus: „Indies Welt“, Ravensburger Verlag, Ravensburg 2007

S. 44 – 47 Klassenkeile. Klaus Kordon, aus: „Herr Lackmann geht ins Kino“, Beltz & Gelberg, Weinheim/Basel 2008

S. 48/49 Das geht Frau Neugebauer überhaupt nichts an. Paul Maar, aus: „Kreuz und Rüben, Kraut und quer. Das große Paul Maar Buch“, Verlag Friedrich Oetinger, Hamburg 2004

S. 50 – 53 Tsozo. Frank Kauffmann, nach: „Tsozo und die fremden Wörter“, orell füssli Kinderbuch, Zürich 2015

S. 55 Bin so. Jürg Schubiger, aus: „Der Wind hat Geburtstag“, Peter Hammer Verlag, Wuppertal 2010

S. 56/57 Lisa – ein starkes Mädchen im Rollstuhl. Bettina Erdmann, nach: „Stark-mach-Geschichten“ (Band 1), Mildenberger Verlag GmbH, Offenburg 2015

S. 60 – 62 Die Veilchentasse. Mirjam Pressler, aus: „Mirjam Pressler erzählt Geschichten“, Beltz & Gelberg, Weinheim/Basel 2010

S. 64 Für Samay. Heinrich Böll, aus: „Großer Ozean. Gedichte für alle“, Hrsg. Hans-Joachim Gelberg, Beltz & Gelberg, Weinheim/Basel 2015

S. 66/67 Erstens, zweitens, drittens. Klaus Kordon, aus: „Geschichtensafari“, Hrsg. Ellen Frömming, Beltz & Gelberg, Weinheim/Basel 2011

S. 70/71 Markus mag Maja. Rosemarie Künzler-Behncke, aus: „Oder die Entdeckung der Welt“, Hrsg. Hans-Joachim Gelberg, Beltz & Gelberg, Weinheim 1999

S. 72 – 74 Mädchentore zählen doppelt. Cornelia Franz, aus: „Geschichtensafari“, Hrsg. Ellen Frömming, Beltz & Gelberg, Weinheim/Basel 2011

S. 76 – 78 COOLMAN und ich. Rüdiger Bertram/Heribert Schulmeyer, aus: „COOLMAN und ich – Auf die harte Tour“, Verlag Friedrich Oetinger, Hamburg 2016

S. 86/87 Maria an der Straße. Nasrin Siege, aus: „Oder die Entdeckung der Welt“, Beltz & Gelberg, Hrsg. Hans-Joachim Gelberg, Weinheim/Basel 1999

S. 113 Rumpelstilz sucht Freunde. Gerald Jatzek, aus: „Das Kanapee ist unser Kahn – Gedichte für Kinder“, Hrsg. Ursula Remmers und Ursula Warmbold, Philipp Reclam jun. GmbH & Co.KG, Stuttgart 2006

S. 122 Besuch. Josef Guggenmos, aus: „Was denkt die Maus am Donnerstag?“, Deutscher Taschenbuch Verlag GmbH & Co.KG, München 2011

S. 124/125 Klopoteks Boxer. Cornelia Funke, aus: „Kleiner Werwolf“, Verlag Friedrich Oetinger, Hamburg 2011

S. 126/127 Ein Yeti kommt per Post. Charlotte Habersack, nach: Bitte nicht öffnen 1: Bissig!“, Carlsen Verlag, Hamburg 2016

S. 128/129 Papa, wann darf ich mit? Andreas Kieling, nach: „Der Bärenmann. Vater und Sohn unter Grizzlys in Alaska“, Hoffmann und Campe, Hamburg 2004

S. 130/131 Mäuserettung. Cornelia Funke, aus: „Cornelia Funke erzählt“, Loewe Verlag, Bindlach 2011

S. 132 – 134 Der Hase Theodor. Peter Härtling, aus: „Geschichten für Kinder“, Beltz & Gelberg, Weinheim/Basel 2008

S. 140 – 143 Wenn dich ein Löwe nach der Uhrzeit fragt. Hermann Schulz, aus: „Wenn dich ein Löwe nach der Uhrzeit fragt“, Carlsen Verlag, Hamburg 2006

S. 144/145 Fremd, aber sicher. Inga Rahmsdorf, aus: „Süddeutsche Zeitung für Kinder“, 24./25.Oktober 2014

S. 148/149 Der Menschenfresser. Klaus Kordon, aus: „Herr Lackmann geht ins Kino“, Beltz & Gelberg, Weinheim/Basel 2008

S. 150/151 Dachbodenluft schmeckt anders. Cornelia Funke, aus: „Cornelia Funke erzählt“, Loewe Verlag, Bindlach 2011

S. 162/163 Ein Tag bei den Turbotippern, nach einem Artikel aus: Stuttgarter Nachrichten – Kindernachrichten vom 31. März 2007

S. 172 Das Buch. Robert Gernhardt, aus: „Gesammelte Gedichte“, S. Fischer Verlag, Frankfurt am Main 2008

S. 174/175 Frau Quan schreibt Briefe. Irmela Brender, aus: „War mal ein Lama in Alabama“, Verlag Friedrich Oetinger, Hamburg 2001

S. 189 Frühlingswünsche. Eva Rechlin, aus: www.elternweb.at
S. 191 Sommerregen. Georg Bydlinski, aus: „Ein Gürteltier mit Hosenträgern“, Dachs Verlag, Ostfildern 2005
S. 192 Garten. Georg Bydlinski, aus: „Wasserhahn und Wasserhenne“, Dachs Verlag, Ostfildern 2002
S. 193 Sommer © Helga Kurowski
Trotz intensiver Suche ist es uns in diesem Fall nicht gelungen, den Rechteinhaber ausfindig zu machen. Der Verlag ist hier für die entsprechenden Hinweise dankbar. Berechtigte Ansprüche werden selbstverständlich im Rahmen der üblichen Vereinbarungen abgegolten.
S. 195 Die Reisetasche. Lavinia Burkhardt, aus: Glücksvogel. Geschichten, Gedichte und Bilder. Hrsg. Hans-Joachim Gelberg, Beltz & Gelberg, Weinheim/Basel 2013
S. 195 Wenn die Schnecke auf Urlaub geht. Christine Busta, aus: „Es las ein Bär ein Buch im Bett“, Hrsg. Ursula Remmers und Ursula Warmbold, Philipp Reclam jun. GmbH & Co., Stuttgart 2009
U3 bibliothek. Ernst Jandl, aus: „Es las ein Bär ein Buch im Bett“, Hrsg. Ursula Remmers und Ursula Warmbold, Philipp Reclam jun. GmbH & Co., Stuttgart 2009

Liedquellenverzeichnis

S. 194 Sommer, Sonne, Ferienzeit. Heinrich Herlyn, aus: Musik in der Grundschule 02/2011; Notensatz: Susanne Höppner, 23992 Neukloster

Bildquellenverzeichnis

S. 8: Kühe am Tränkebecken/Pferde vor Stall/Ziege © Erlebnisbauernhof Schmid GbR; **S. 9:** Tiere © Countrypixel –stock.adobe.com; **S. 28:** Feuer © Gilitukha – istockphoto.com; **S. 29:** Pyrit © vvoe – stock.adobe.com; Feuerstein © yauhenka – stock.adobe.com; Zunderschwamm © Hermann – stock.adobe.com; **S. 32:** Hand mit Wasser © Dmitry Naumov – stock.adobe.com; **S. 33:** Erde © Mildenberger Verlag GmbH; **S. 35:** Wasserhahn/Tropfen © Freepik; **S. 36:** Segelschiff © RCP Photo – stock.adobe.com; Windmühle/Feld © Martin Vonka – stock.adobe.com; Dampfmaschine © Jens K. Müller – commons.wikimedia.org; **S. 37:** Strommasten © Pixelmixel – stock.adobe.com; Kraftwerk © rcfotostock – stock.adobe.com; **S. 39:** Haushaltsgeräte (Schaubild) © graphstock – stock.adobe.com; **S. 68:** Fotografie © Klaus Kuhn; **S. 69:** Kassette © lkeskinen – stock.adobe.com; **S. 77:** Comic, aus: Rüdiger Bertram/Heribert Schulmeyer: „COOLMAN und ich – Auf die harte Tour“ © Verlag Friedrich Oetinger 2016; **S. 78:** Cover „COOLMAN und ich – Auf die harte Tour“ © Verlag Friedrich Oetinger 2016; **S. 79:** Schriftzug „COOLMAN und ich“, aus: „COOLMAN und ich – Auf die harte Tour“ © Verlag Friedrich Oetinger 2016; COOLMAN (farbig), aus: Rüdiger Bertram/Heribert Schulmeyer: „COOLMAN und ich – Keine Party ohne COOLMAN“ © Verlag Friedrich Oetinger 2017; **S. 80:** Automechanikerin © Günter Menzl – stock.adobe.com; Kindergärtner © 2013 Björn Gaus; **S. 81:** Logo © Kompetenzzentrum Technik-Diversity-Chancengleichheit e. V. ; Maßband © K.C. – stock.adobe.com; Helm © rcfotostock – stock.adobe.com; Hammer © Bernd Schmidt; **S. 85:** Cover „Das verkaufte Glück“ © Ravensburger Verlag 2015; **S. 89:** Nasreddin Hodscha © Topkapi Palace Museum Library Cat. No. 2142 – commons.wikimedia.org; **S. 90:** Brot in Kastenform © Mildenberger Verlag GmbH; **S. 91:** Naan © marysckin – stock.adobe.com; **S. 92:** Bäckerin © contrastwerkstatt – stock.adobe.com; Brotauswahl © emuck – stock.adobe.com; **S. 93:** industrielle Bäckerei © industrieblick – stock.adobe.com; aufgeschnittenes Brot © kvladimirv – stock.adobe.com; **S. 94:** Marco Polo © akg-images/Pictures From History; **S. 96:** Christoph Kolumbus © akg-images/Pictures From History; **S. 99:** Vasco da Gama © akg-images/Pictures From History; **S. 100:** Galileo Galilei © Porträt von Justus Sustermans (1636) – commons.wikimedia.org; **S. 105:** Fernrohr © Mildenberger Verlag GmbH; **S. 106:** Maria Sibylla Merian © Hans Hinz/ARTOTHEK; Bilderrahmen © waltraut4 – stock.adobe.com; vergilbter Papierstapel © ivancov – 123rf; Schmetterlinge und Raupen © akg-images/PAUL D STEWART/SCIENCE PHOTO LIBRARY; **S. 107:** Boccaves-Frucht mit Eidechse, Maria Sibylla Merian © akg-images; aufgeschlagenes Buch © anelina – 123rf; **S. 108:** Astronaut auf dem Mond © NASA – commons.wikimedia.org; **S. 109:** Erde und Mond © Pixabay; **S. 112:** Astronaut auf dem Mond © Oleg_Yakovlev – stock.adobe.com; Segelschiff © Alvov – stock.adobe.com; Kamel in der Wüste © Csaba Peterdi – stock.adobe.com; **S. 118:** Kupferstich der Brüder Grimm © Gebrüder Grimm – mauritius images/Alamy; Cover „Grimms Märchen: Rumpelstilzchen“ © Verlag Friedrich Oetinger; Cover CD „Es war einmal ... Die schönsten Märchen und Klassiker“ © Verlag Friedrich Oetinger; Szenenfoto aus dem Märchenfilm „Rumpelstilzchen“ © WDR/Hardy Spitz; **S. 119:** Szenenfotos aus dem Märchenfilm „Rumpelstilzchen“ © WDR/Hardy Spitz; **S. 120:** Cover „Grimms Märchen: Rumpelstilzchen“ © Verlag Friedrich Oetinger; DVD „Rotkäppchen“ © FELIX J. HOLLAND, HR/ARD; Cover CD „Es war einmal ... Die schönsten Märchen und Klassiker“ © Verlag Friedrich Oetinger; Cover „Schiefe Märchen und schräge Geschichten“ © Verlag Friedrich Oetinger; Cover „Rotraut Susanne Berners Märchencomics“ © 2008 Verlagshaus Jacoby & Stuart, Berlin; **S. 121:** Ausschnitte aus „Froschkönig“/„Frau Holle“, aus: „Rotraut Susanne Berners Märchencomics“ © 2008 Verlagshaus Jacoby & Stuart, Berlin; **S. 125:** Cover „Kleiner Werwolf“ © Verlag Friedrich Oetinger; **S. 126/127:** Illustrationen von Sonja Kurzbach nach den Originalillustrationen von Fréderic Bertrand; Cover „Bitte nicht öffnen – bissig“ © Carlsen Verlag GmbH, Hamburg 2016; **S. 128:** Andreas Kieling mit Sohn © Andreas Kieling; **S. 129:** Grizzlybär bei der Jagd © Ronen – stock.adobe.com; **S. 135:** Kaninchen knabbert an Möhre © Superingo – stock.adobe.com; **S. 136:** Schülerzeichnung: Der Löwe und das Mäuschen © Mildenberger Verlag GmbH; **S. 138:** Straßenschild Kröte/Eimer mit Kröte © Kathy Büscher, NABU Rinteln; **S. 139:** Krötenpaar © Kathy Büscher, NABU Rinteln; Krötenzaun © commons.wikimedia.org;

S. 147: schützende Hand über Pappfiguren © Photocreo Bednarek – stock.adobe.com; **S. 156:** Verkehrsschilder: Spielstraße / Kinder © commons.wikimedia.org; **S. 157:** Alphabet der Phönizier © de.wikipedia.org – auf der Grundlage von Röllig, Wolfgang: Das phönizische Alphabet und die frühen europäischen Schriften. In: Ulrich Gehrig / Hans Georg Niemeyer (Hrsg.): Die Phönizier im Zeitalter Homers. Mainz 1990, S. 87–95; **S. 158:** Gutenberg Buchdruckpresse © www.gutenbergpresse-mieten.de; **S. 159:** Zeitung © Coloures-Pic – stock.adobe.com; Kinder mit Tablet © Syda Productions – stock.adobe.com; **S. 160:** Verkehrsschild: Getrennter Rad- und Fußweg © commons.wikimedia.org; Verkehrsschild: Information © FM2 – stock.adobe.com; Verkehrsschild: Behindertenparkplatz © teracreonte – stock.adobe.com; Verkehrsschild: Notausgang © commons.wikimedia.org; **S. 161:** Kopfhörer auf Smartphone © Sergey Ilin – stock.adobe.com; **S. 162:** Zeitungsrolle © Zerbor – stock.adobe.com; Reporterin interviewt © track5 – istock.com; Arbeitsgespräch © Rido – stock.adobe.com; Frau am Telefon © Lightwave Stock Media – 123rf; **S. 163:** Druckmaschine © industrieblick – stock.adobe.com; Zeitung im Briefkasten © Marco2811 – stock.adobe.com; **S. 166:** Drachen © photomelon – stock.adobe.com; rote Gummistiefel © nata777_7 – stock.adobe.com; Taschenlampe © unclepodger – stock.adobe.com; Teddybär © jcfotografo – stock.adobe.com; **S. 167:** Knäckebrot mit Quark und Kresse © Thomas Siepmann – stock.adobe.com; **S. 168:** Lesehexen / Vorlesestunde mit Frau Holle © Angelika Soldner; **S. 169:** Lesekiste © Mildenberger Verlag GmbH; Cover „Wieso? Weshalb? Warum? Profiwissen: Pferde“ © Ravensburger Verlag; **S. 170:** Cover „Robbi, Tobbi und das Fliewatüüt“ © Thienemann-Esslinger Verlag GmbH, Stuttgart; Cover DVD „Robbi, Tobbi und das Fliewatüüt“ © STUDIOCANAL GmbH, Berlin; Cover CD „Robbi, Tobbi und das Fliewatüüt“ © Hörbuch Hamburg HHV GmbH; **S. 173:** Mädchen mit Fernbedienung © monkeybusinessimages – istockphoto.com; **S. 176:** Bücherstapel © trotzolga – stock.adobe.com; **S. 177:** Büchervignette – Bibliotheksausweis © Freepik; Bücherrücken © magele-picture – stock.adobe.com; **S. 183:** Winterwald und Schneefall © AnnaPa – stock.adobe.com; Verschneite Winterlandschaft © Netzer Johannes – stock.adobe.com; **S. 185:** Offenburger Hexe © commons.wikimedia.org; Offenburger Spättle © Christoph Breithaupt; **S. 194:** Kinderhände: Sommer © Nelos – stock.adobe.com; **S. 195:** Koffer © inarik – stock.adobe.com; Schnecke © Dickov – stock.adobe.com; **S. 196:** Kühe am Tränkebecken / Pferde vor Stall © Erlebnisbauernhof Schmid GbR; **S. 202:** Marco Polo © akg-images / Pictures From History; **S. 209:** Lesekiste © Mildenberger Verlag GmbH; **S. 213:** Theatergruppe © highwaystarz – stock.adobe.com; **S. 216:** Irmela Brender © Volker Winkler; Georg Bydlinski © Birgit Bydlinski; **S. 217:** Cornelia Funke © akg-images / Jazz Archiv Hamburg / Uli Glockmann; Peter Härtling © Beltz & Gelberg; **S. 218:** Klaus Kordon © Wonge Bergmann, Beltz & Gelberg; Mirjam Pressler © Karen Seggelke, Beltz & Gelberg; **S. 219:** Ursula Wölfel © privat

U4: Tiere © Countrypixel – stock.adobe.com; Hummel © nicolasprimola – stock.adobe.com

Illustratorenverzeichnis

Konrad Algermissen, 21493 Basthorst:	S. 28/29, 30/31, 100 – 103, 188/189
Andreas Besser, 10243 Berlin:	S. 82–85
Renate Emme, 22525 Hamburg:	S. 10/11, 26/27, 42/43, 44 – 47, 56/57, 60 – 62, 63, 132 – 134, 154/155, 190, 191, 192, 199, 200
Christiane Ruth Franke, 8071 Grambach, Österreich:	S. 24/25, 34 (Vignetten), 38, 40/41, 48, 86/87, 174/175, 180/181, 182, 193, 206, 207
Katrin Gaida, 81379 München:	S. 18, 58, 72 – 74, 75, 110/111, 112, 201
Ingrid Hecht, 30163 Hannover:	S. 16/17, 19, 20, 64, 88, 104, 113, 114 – 117, 144/145, 146, 148, 156, 160, 178/179, 210, 211 (Sonne/Wolken), untere Randgestaltung (Sterne)
Stefanie Kolb, 55270 Essenheim:	Umschlaginnenseite hinten
Sonja Kurzbach, 10997 Berlin:	S. 122, 123 (Riese), 126/127, 137, 153, 184, 186, 187
Susanne von Poblotzki, 40625 Düsseldorf:	S. 21, 22/23, 130/131, 140 – 143, 204
Achim Schulte, 44263 Dortmund:	Umschlag (Kinder/Weltkugel), S. 12/13, 50 – 53, 54, 55, 65, 66, 70/71, 94, 96/97, 124/125, 151, 164/165, 171 (Mädchen am Computer), 208, 211 (Kochtopf), 215
Heike Treiber, 79199 Kirchzarten:	S. 14, 15, 34 (Junge mit Fahrrad), 123 (Buch), 152, 171 (zwei Jungen), 172, 197, 203 (Vignetten), 209, 219, untere Randgestaltung